纪德·道德三部曲

André Gide
La Symphonie pastorale

田园
交响曲

〔法〕安德烈·纪德 著　马振骋 译

人民文学出版社
PEOPLE'S LITERATURE PUBLISHING HOUSE

图书在版编目(CIP)数据

田园交响曲/(法)安德烈·纪德著;马振骋译.
—北京:人民文学出版社,2018
(纪德·道德三部曲)
ISBN 978-7-02-014150-0

Ⅰ.①田… Ⅱ.①安… ②马… Ⅲ.①中篇小说-法国-现代 Ⅳ.①I565.45

中国版本图书馆 CIP 数据核字(2018)第 086209 号

责任编辑　卜艳冰　张玉贞
封面设计　汪佳诗

出版发行　人民文学出版社
社　　址　北京市朝内大街 166 号
邮政编码　100705
网　　址　http://www.rw-cn.com
印　　刷　上海利丰雅高印刷有限公司
经　　销　全国新华书店等
字　　数　62 千字
开　　本　890 毫米×1240 毫米　1/32
印　　张　3.125
版　　次　2018 年 6 月北京第 1 版
印　　次　2018 年 6 月第 1 次印刷
书　　号　978-7-02-014150-0
定　　价　35.00 元

如有印装质量问题,请与本社图书销售中心调换。电话:010－65233595

纪德·道德三部曲

Andre Gide
La Symphonie pastorale

田园交响曲

〔法〕安德烈·纪德 著 马振骋 译

人民文学出版社
PEOPLE'S LITERATURE PUBLISHING HOUSE

图书在版编目(CIP)数据

田园交响曲/(法)安德烈·纪德著;马振骋译.
—北京:人民文学出版社,2018
(纪德·道德三部曲)
ISBN 978-7-02-014150-0

Ⅰ.①田… Ⅱ.①安… ②马… Ⅲ.①中篇小说-法国-现代 Ⅳ.①I565.45

中国版本图书馆 CIP 数据核字(2018)第 086209 号

责任编辑　卜艳冰　张玉贞
封面设计　汪佳诗

出版发行	人民文学出版社
社　　址	北京市朝内大街 166 号
邮政编码	100705
网　　址	http://www.rw-cn.com
印　　刷	上海利丰雅高印刷有限公司
经　　销	全国新华书店等
字　　数	62 千字
开　　本	890 毫米×1240 毫米　1/32
印　　张	3.125
版　　次	2018 年 6 月北京第 1 版
印　　次	2018 年 6 月第 1 次印刷
书　　号	978-7-02-014150-0
定　　价	35.00 元

如有印装质量问题,请与本社图书销售中心调换。电话:010－65233595

目 录

导读：一个关于自我欺瞒的人性故事 / 吴晓东　　1
译　序　　1

第一册　　1
　　一八九×年二月十日　　3
　　二月二十七日　　12
　　二月二十八日　　21
　　二月二十九日　　24
　　三月八日　　28
　　三月十日　　36
　　三月十二日　　41
第二册　　45
　　四月二十五日　　47
　　五月三日　　49
　　五月八日　　52
　　五月十日　　53
　　五月十八日　　59
　　五月十九日　　63
　　五月十九日夜　　64

五月二十一日	65
五月二十二日	66
五月二十四日	67
五月二十七日	68
五月二十八日	69
二十八日晚上	70
五月二十九日	72
五月三十日	76

导读：一个关于自我欺瞒的人性故事

吴晓东

一

如果说纪德的《违背道德的人》的确像英国批评家约翰·凯里所说的那样，是"一个关于忠实于自我的故事"（《阅读的至乐——20世纪最令人快乐的书》第4页，凤凰出版传媒集团译林出版社，2009年），那么《田园交响曲》则是一个关于人性的自我欺瞒的故事。

理解《田园交响曲》一直绕不过去的是纪德本人对小说的自述。纪德在《日记》中曾经评论过自己的几部创作：

> 除了《地粮》是唯一的例外，我所有的作品都是讽刺性的；是批评性作品。《窄门》是对某种神秘主义倾向的批评；《伊莎贝尔》是对某种浪漫主义的空想的批评；《田园交响曲》是对某种自我欺骗的批评；《违背道德的人》是对某种个人主义的批评。

"对某种自我欺骗的批评"就成为作家本人对《田园交响曲》的最具有权威性的定评，也奠定了解读作品核心命意的一种基调。

可以说，纪德相当完美地实现了他的创作初衷，《田园交响曲》的情节主线展示给读者的正是主人公本能爱欲与道德准则的冲突。救助、收留、保护并启蒙了盲女吉特吕德的"我"称得上一个不失高尚的牧师，但是当他逐渐在内心深处对盲女萌生爱欲情怀，却对自己的私欲"出于本能"地掩饰，屡屡借助对《圣经》有利于自己的妄自解释获得心理安慰，甚至不惜阻挠和破坏盲女与自己儿子雅克的爱情的时候，作为一个牧师的"我"则已然陷入了自欺欺人的虚伪境地。

纪德的中国知音，法国文学研究专家盛澄华在专著《试论纪德》中对《田园交响曲》曾做出如下精辟的评论："这场戏的精彩处正是牧师自身那种崇高的虚伪。""爱欲又极能藉道德的庇护而骗过了自己的良心。人们往往能设法寻觅种种正大高尚的名义去掩饰自己的卑怯行为，因此纪德以为愈是虔诚的人，愈怕回头看自己。因此固有的道德的假面，才成为他唯一的屏障，唯一的藏身之所。这也就是所以使牧师信以为他对盲女的爱恋只是一种纯洁无瑕的慈爱。"

纪德的工作恰恰是揭穿这种"道德的假面"，揭示人的心理深处的黑暗本质，还原人性固有的复杂性。

二

"愈是虔诚的人，愈怕回头看自己。"但比起那些一往直前从不回身反顾者，这种"回头看自己"的人，既可能多了一些"掩饰自己"的虚伪，也可能会同时获得几分自我审视的反思性。至少在《田园交响曲》的牧师这里，时时反顾内心，在道德良知和本能爱欲之间的挣扎，并每每戴上道德假面自我辩解，为小说带来的是心理探究和人性解剖的深度。

盛澄华指出：

> 纪德作品中的人物差不多都作着一种不断的内心分析。这里个人显明地被分置在两个壁垒：一方面是动作着的我，而另一方面是在观察与判断的我，所以纪德的作品很多都用日记体写成，因为只有这体裁最适宜于内心生活的分析。

《田园交响曲》中也同样存在这样两个"我"，一个是在故事情节展开过程中"行动的我"，另一个即是那时时"回头看自己"的"观察与判断的我"。小说中更值得关注的正是在内心中自我纠结自我剖析自我崇高的"我"。而作品的人性解剖的心理深度正由这个"观察与判断的我"带来的。在某种意义上说，《田园交响曲》是一部心理小说，或者说是一部探究复杂人性的小说。这就是纪德选择了一个第一人称"我"做小说主人公的原因之一。"他（纪德）之所以爱用第一人称写作，因为构成他小说材料的都是一些所谓'内在的景致'（Paysages intérieurs），一些在他内心中相互挣扎，相互冲突的思想，所以如用客观的手法，他无从把握他所创造的人物的错综性——每一人物也就是他自己无数部分的化身,但小说中的人物虽以第一人称出现,而小说的作者对这无数的'我'却只采取一种旁观的态度,这也就是所以使纪德说这些都是他带有讽刺性,批评性的作品,而这也正是所以使纪德小说表面的坦直与单纯恰恰形成它们内部的曲折。"(《试论纪德》第 72 页,森林出版社,1948 年)纪德登上文坛之际,正是弗洛伊德所发明的关于人类的深蕴心理学——精神分析学说大行其道的历史时期,对人类心理与人性的复杂性的关注,诱惑了当时众多的小说家,也催生了随后兴起的意识流小说流派。纪德笔下经常出现的两个"我",即与纪德对人性构成因素的复杂理解有关。纪德"以为每个人的生活当是由两种相反的力所构成。这两种力的相互排斥、挣扎,才形成一切生命的源泉。所以在艺术中我们有想象与现实的对立,在意识中有思想与行动的分歧,在社会中即形成个人与集团的抗衡,在恋爱中即形成情与欲的冲突。因此他的作品所表现的常是一大片战场,在那里上帝与恶魔作着永远不断的角逐"。

这所谓的两种力,在《田园交响曲》中主要表现为道德与私心以及理智与爱欲的冲突。纪德之所以把这部小说也视为批评性的作品,并不是对牧师最后占了上风的自我与爱欲进行谴责,在某种意义上说,纪德视道德与自我的对峙以及理智与爱欲的冲突为人性中两种力必然抗衡的结果。纪德的批评真正针对的是牧师自我欺瞒所表现出的虚伪人格。当牧师声称"我决不愿意去注意吉特吕德不可否认的美"的时候,当牧师骨子里出于对大儿子雅克的嫉妒却冠冕堂皇地断言"雅克很会说理，这么年轻的人的思想中已经有那么多僵硬的教条，叫我见了痛心，否则，我必然会欣赏他的论证的高超和逻辑的一致"的时候，当读者终于意识到牧师妻子其实很善解人意忍辱负重不肯伤害丈夫和盲女，而牧师却总想让读者感觉到她的不近人情的时候，牧师的虚伪人格跃然纸上。而小说最高明的地方在于纪德含而不露地通过牧师自己的日记生动地传达出了读者可以辨识的这种虚伪性。

三

还清楚地记得上世纪 80 年代第一次读《田园交响曲》的时候，我对小说中的牧师充满鄙视，对盲女与少年雅克未能走到一起极度惋惜，称得上是纪德所期待的理想读者。当时作为一个文学系本科生的我堪称是一个道德至上主义者，对小说中虚伪的牧师难免也会产生极端道德化的感触。

二十多年后的今天重读，发现自己对牧师的形象竟多了几分理解和宽容，对牧师的"虚伪"人格的体认复杂了一些，一时间感到牧师爱上盲女吉特吕德，是基于人性的本能，至少称得上符合人之常情。也许当年从道德至上主义的立场苛责虚伪的牧师的时候，我已经把自己置于一个更"道德"的仲裁高度。于是我如今开始有些认同法国作家莫洛亚在《从普鲁斯特到萨特》一书中对牧师的断言："这种虚伪完全是无意识的。"

正因为牧师的虚伪可能是无意识的,《田园交响曲》才有可能超越单纯的道德谴责和批评,而获得某种人性的高度和深度,继而才有可能成为具有持久艺术和思想价值的永恒性作品。盛澄华说:"纪德对他每一作品最大的关心,不在是否这作品能得一时的成功,而是如何使它能持久。这'永远的今日''永远的青春'正是纪德在艺术上最高的企图与理想。而为达到这目的,对于艺术品中思想价值相对性的重视与认识,是不可缺少的条件之一。"思想价值的"相对性"保证了作品对简单的道德判断的超越,而趋于揭示人性的复杂。

因此,"虚伪"在《田园交响曲》中也许不仅仅是人格意义上的,而是人性意义上的。

倘若先不管纪德本人如何看待自己的这部作品,而是采取"作者死了"的阅读立场,读者就会对作品和人物产生自己的有别于作者的主观投射。比如,或许有读者就会追问小说中牧师对盲女的爱情是不是值得同情的。

当纪德选择了第一人称"我"作为小说的叙事主体,牧师的形象在某种意义上就获得了某种自足性与自主性,而读者一般的阅读心理,往往会对叙述者报以认同与同情。在小说结尾悲剧诞生之际,如果有读者对牧师产生的不仅仅是谴责,而且还有深深的怜悯,也自是阅读环节的应有之意。当然,这种怜悯的目光也应该同时投射到盲女、雅克以及牧师的妻子身上。

四

在某种意义上,《田园交响曲》也可以看作诠释甚至实践圣经戒律的文本。如果对基督教教义有研究和兴趣的读者,深入思考一下小说人物对于基督教的教义和诫令的态度,是把对《田园交响曲》的阅读引向深入的另一个途径。当然,普通读者可能不必深究耶稣与其门徒圣保罗的观点的区别。但是专业的读者会看到,在小说的悲剧结局中,宗教其实起着不可忽略的作用。这就是纪德选择一个牧师作为小说叙述者兼主人公的原因所在。

对于一个上帝的仆人而言,牧师自欺欺人的虚伪比起普通人可能尤其难以获得谅解,道德与爱欲的冲突在牧师的身上也必然表现得更为强烈,并最终以一种更加严重的罪恶感表现出来。对"罪"的思考因此是小说中纪德所关注的核心理念之一。而牧师关于基督和圣保罗之辩("我愈来愈看清,组成我们基督徒信仰的许多观念不是出自基督的原话,而是出自圣保罗的注解。")看似涉及了基督教学理之争,背后则关涉着"我"对罪的忧虑、恐惧以及出于本能的逃避。

所以贯穿于小说后半部分的是牧师念兹在兹的罪恶感:"我竭力使自己超越罪的概念,但是罪好像是不可容忍的。"而当这种罪恶感变为沉甸甸的心理现实难以排遣的时候,牧师不自觉的选择是借助于对《圣经》有利于自己的重新解释,来获得心理的慰安与平静。因此雅克才责备牧师在基督学说中挑选迎合牧师自己的内容。这种对基督学说的选择性恰恰是把圣典在"为我所用"的过程中功利化了，圣典因此面临的是走向反面的危险。

这种罪的意识也渗透和影响到了盲女吉特吕德：

"我要肯定的是我没有增添罪恶。"

"我记得圣保罗的一段话，我整天反复念：'我以前没有律法是活着的，但是诫命来到，罪又活了，我就死了。'"

圣保罗的话恰恰出自牧师从来不肯向盲女阅读与讲解的章节。而盲女重见光明之后，需要她负荷的正是人世固有的责任。她的罪感的获得也是一个正常人真正承担起属于自己的诫命的体现。当盲女依旧目盲的时候，她尚可以用《圣经》中的基督圣训"你们若瞎了眼，就没有罪了"寻求解脱；一旦目能见物，她"首先看到的是我们的错，我们的罪"。吉特吕德最终的死亡既与看到人间不幸甚至丑恶的真相后的失望有关，也决定于她的罪感的自觉。

当牧师追问："在《圣经》中有多少其他章节令人读了赋予二重和三重的意义？"这在某种意义上也可以看成是纪德本人的声音。而纪德的小说其实也正追求这种意义的二重、三重乃至多重性，类似于交响曲的几个声部。而小说中的多重声音往往更是以矛盾和辩难的方式存在的。早在 1895 年纪德就说："我也喜欢在每一部作品的内部具有对其本身的辩驳的部分,不过要隐而不露。"就像有文学史家评价纪德的《伪币制造者》时所说的那样:"这部伟大的小说同时又给了他表现自身那些对立面的机会。这部小说不是独奏曲,而是交响乐。"(米歇尔·莱蒙《法国现代小说史》第264页,上海译文出版社,1995年)

五

对《田园交响曲》这样一部内涵丰富的作品的阅读,倘若只纠缠于作者本人阐述的批评性意图,从单一的角度读解小说的题旨,就会忽略本书一些同样值得品味之处。

在我看来,尽管牧师可能是一个应该受到谴责的形象,但牧师对盲女的"启蒙"的历程,堪称是小说中蕴含着美好情愫的部分。

那是三月五日。我记下这个日期仿佛这是个生日。这不止是微笑,而是脱胎换骨。她的五官一下子活跃了;这像是豁然开朗,类似阿尔卑斯山巅上的这道霞光,黎明前映着雪峰颤动,然后从黑暗中喷薄出来;简直是一项神秘的彩绘工作;我同样联想到毕士大池子,天使纷纷下池子搅动死水,看到吉特吕德脸上突然出现天使般的表情,我有一种勾魂摄魄的感觉,因为我认为这个时刻占据她内心的不全是智慧,还有爱。

启蒙的精义正在于心智与爱的同时唤醒。而启蒙的历程也是重新认识世界的过程。在这一过程中，不仅仅是被启蒙者获得了对世界的崭新启悟，启蒙者也会同时获得对世界的陌生化目光，仿佛刚刚诞生的婴儿睁眼看世界，一切都是新鲜如初的，这个充满斑斓的色彩的世界刚刚在上帝手中生成。

牧师的启蒙尤为别出心裁之处是借助交响曲中的乐器向盲女解读她无法看到的世间的颜色。就像交响乐中有华彩乐段，小说《田园交响曲》的华彩部分正是对听觉和视觉两个感觉领域关系的状写："我可以借用交响乐中每件乐器的作用来谈论颜色问题。我要吉特吕德注意铜管乐器、弦乐器、木管乐器的不同音色，每件乐器都可以各自奏出高低不同的强度，组成声音的全部音域，从最低音到最高音。我要她想象大自然中存在的色彩，红与橙黄相当于圆号与长号的音色，黄与绿相当于小提琴、大提琴和低音提琴；玫瑰与蓝可以由长笛、单簧管和双簧管来比拟。这下子她心中的疑团全部消逝，感到莫大的喜悦。"

深受象征主义影响的纪德也许是通过这种沟通"声音和色彩"的世界的方式向波德莱尔和韩波等象征派诗人致敬。如波德莱尔在号称"象征派的宪章"的《感应》一诗中即利用通感艺术联结了芳香与音、色的世界："芳香、色彩、音响全在互相感应。/有些芳香新鲜得像儿童肌肤一样，/柔和得像双簧管，绿油油像牧场。"另一个象征派诗人韩波则在诗歌《元音》中，把五个元音字母分别对应五种颜色："A 黑，E 白，I 红，U 绿，O 蓝：元音，/ 终有一天我要说破你们的来历。"元音的来历在韩波那里是要到大千世界的五彩斑斓中去寻求，而纪德这里反其意而用之，借助声音诠释颜色。这种音色互证的方式在列维·斯特劳斯那里获得的是人类学的深厚基础，他在《看·听·读》一书中编织"看·听·读"在心灵中交织而成的相互感应的网络，可以充分印证《田园交响曲》中通感经验的合理性。

而纪德除了建构声音与色彩的相通，更重要的是强调两者的区隔。这种区隔在《田园交响曲》中有着更深刻的隐喻涵义。当牧师向盲女以声音解释颜色的时候，他才充分意识到"视觉世界跟听觉世界是多么不同，在这两个世界之间所作的一切比喻都不可能面面俱到"。在纪德的理解中，"听"的世界中存有真正的田园牧歌，而"看"的世界却充斥着不尽圆满的人间真相。小说中的观察无疑是深刻的：

"我的吉特吕德，看得到的人并不像你那么会听。"
"那些有眼睛的人，"我最后说，"不认识到自己的幸福。"
"有眼睛的人是不知道看的人。"

牧师因此认为目盲的残疾对盲女而言甚至是一个优点，可以使她"眼不见心不烦"，全神贯注于单纯美好的"听"的"田园交响曲"，借以回到有如史前的牧歌时代。意大利哲学家吉奥乔·阿甘本在《幼年与历史：经验的毁灭》一书中指出古希腊人强调的是"视觉的至高无上"。视觉（"看"）的至高无上意味着目睹真实，从而打破幻觉和迷梦，因此，牧师才对盲女的复明一直感到忧心忡忡，这是对在盲女眼中真相大白的恐惧。如果说从人类学的意义上说对视觉的强调导致了人类理性历史的开始，那么听觉的世界则似乎更有史前的特质，使人想起亚当和夏娃在伊甸园中尚未偷吃善恶果之前的乐园时期，就像纪德在《纳蕤思解说》中对乐园梦的书写。

盲女吉特吕德就是真正属于田园的世界的令人难忘的形象。她拥有的是"天使的笑容"，纯真而美好。虽然目不能视，却"看"到了一个明眼人无法看到的天堂般的世界，这个世界或许正吻合着"田园交响曲"的本意。如果说存在一个田园世界的话，那么它只属于复明之前的盲女。一旦盲女复明后了解到真相，幸福以及田园就同时失落了："整个世界不像您让我相信的那么美，牧师，甚至相差很大。"小说的名字"田园交响曲"因此寓意深刻。当盲女听了交响乐《田园交响曲》之后问牧师：你们看到的东西真是跟交响曲中描述的"溪边情境"一样美吗？牧师思索的是："这些非语言所能表达的和声描述的不是真实的世界，而是理想的世界，一个没有痛苦、没有罪恶的世界。我至今还不敢向吉特吕德谈起痛苦、罪恶、死亡。"所谓的"田园交响曲"意味着只有掩盖了痛苦、罪恶、死亡之后，才具有存在的可能性。而更具有反讽意味的是，恰恰是启蒙了盲女心智的牧师本人，最后撕开了覆盖在真相上面的面纱，揭示了田园交响曲的虚假性。纪德曾说:"我喜欢每本书里都含有自我否定的部分,自我消灭的部分。"纪德在《田园交响曲》中编织了一个牧歌神话的同时,也毁灭了人类可以拥有一个田园世界的梦想。

其实冰雪聪明的吉特吕德,早知道牧师的夫人因她而伤心,"她的愁脸上那么深刻的悲伤"。而雅克也因她而受到无辜的伤害。"'因而有时候',她悲切地又说,'我从您这里得到的幸福都像是由于无知而来的。'"本书最终似乎告诉读者,欺瞒和假象有时是产生幸福的幻觉的前提。

六

前几天刚刚拜读被王德威称为"如此悲伤、如此愉悦、如此奇特"的史诗般的回忆录《巨流河》,发现作者齐邦媛在上世纪40年代的抗战期间即以手抄本的形式珍存过《田园交响曲》:"战时因为纸张品质不好,印刷困难,有一些真正令我感动的书,多翻几次就出现磨痕。高中毕业后等联考放榜那段时间,我买了当年最好的嘉乐纸笔记,恭谨地抄了一本纪德《田园交响曲》和何其芳、卞之琳、李广田的诗合集《汉园集》,至今珍存,字迹因墨水不好已渐模糊。"完整而"恭谨"地手抄,这差不多是对一本书的热爱所能达到的极致吧?此后,时光又流逝了大半个世纪,在《田园交响曲》问世后近一百年的今天,当马振骋先生的精彩译本问世的时候,恐怕不会有读者再

"恭谨"地抄录了。但它那探问人性深度秘密的光辉,依旧闪烁在人类阅读史的夜空,值得 21 世纪的中国读者再度驻足仰望。

2011 年 5 月 12 日于京北上地以东

译　序

纪德和普鲁斯特可以说是二十世纪法国文坛的双峰，虽然形态不同，但各有各的气势。正如纪德传记作家克洛德·马丁说的，若要进入普鲁斯特的世界，只需阅读他的《追忆似水年华》，若要进入纪德的世界，不但要阅读他的三四十部主题各异、有时还相互抵触的小说、游记、戏剧、诗歌集、"傻剧"，以及篇幅浩繁的日记，还要读他跟当代文人、艺术家、朋友、普通人交换的近二万五千封信，且还不说至今还封存在都塞图书馆的八十几本小册子，从中恐怕也会有新发现。

纪德悠悠一生过了八十二年，从一八六九年到一九五一年，经历两次世界大战，各国边界重新划定，强国势力此消彼长，风俗习惯有了翻天覆地的变化。纪德对现实生活中的潮流、趋势、变迁均感兴趣，宗教、性、政治等问题在他的作品中都有反映。他不但是时代的见证人，也是时代的创造者，因而被人称为"二十世纪的歌德"、"大写的现代人"。

在"介入文学"这个名词被人们接受以前，纪德就毫不犹豫地让自己和作品介入时代的斗争中，反对殖民主义和法西斯主义，谴责极权统治，为同性恋辩护，主张打破禁锢人性的清规戒律。然而他立志要做的是文学家，时刻关心自己作品的文学性和风格，认为这高于其他一切。他在一九二一年十二月七日的日记中说："我的问题不是怎样成功，而是怎样长存。很久以来，我只是试图在上诉时赢得官司。我写作只是让人一读再读。"

让人一读再读，这是纪德作为作家的责任感。如今纪德逝世整整五十①年，当然已经不是一个"当代人"，也不再是新一代青年的精神导师，他的作品中表现出孤郁的诗人气质、敏锐的洞察力、明净的文笔，让人读了不仅留下隽永的回味，同时也钦佩他直面人生的勇气。他的书给他带来许多荣誉，也给他招来不少骂詈、仇恨，最终他的全部作品还被列入梵蒂冈教廷的禁书目录。纪德是二十世纪第一位倡导风俗革命，吹响自由号角，提出不要沉溺过去奢望未来，而要掌握眼下一时一刻的作家。他还提醒人们去享受感觉。

纪德出生在一个新教徒家庭，从小接受严格的加尔文教义，灌输了满脑子的教规禁忌。正是这些强制性的清规戒律，在这名文质彬彬的青年心里产生了适得其反的结果，他要打破清教徒的桎梏，在作品和行为中大胆表现真正的自我。

克洛德·马丁在纪德传记中提出三方面对纪德的影响：歌德、王尔德和北部非洲。他从歌德的作品中认识到要敢于向人生索取它提出的美好感觉，把幸福看作一种必须履行的天职。他追随王尔德《格雷的肖像》中包含的异教徒的自然主义，这成了他少年时接受的虔诚的解药。最后是在北非，特别是在他

---

① 本书根据译者十七年前的译本修订出版，那时是纪德逝世五十周年。——编者按

喜爱的阿尔及利亚，大自然唤醒了他心中潜伏着的被压抑的本性。他不接受什么心理学家、精神分析专家转弯抹角的解释，而是直截了当地提出同性恋也是一种自然性格。

不过在纪德的作品中，欲望不是跌入陷阱，走进死胡同，就是要用谎言来掩盖。《违背道德的人》中的玛塞琳在米歇尔自我标榜的新生活拖累下，既得不到爱情，也成不了母亲，在怨恨中撒手人寰。在纪德所处的后尼采时代，神与普遍观念已经消失，人在寻求新价值，指导自己的行为，既误解了别人，也误解了自己，无法掌握彼此的欲望，对人生形成一种滥用与糟蹋。《窄门》中的阿丽莎，追求圣洁超过追求情爱，屡次违心拒绝表弟杰罗姆的求婚。她要保持童贞，把爱献给上帝，盼望在主的面前跟表弟永久结合，最终孤独死去时才感悟到自己生存的虚伪性。《田园交响曲》[①]中的牧师，起初好心地收养了一名无家可归的盲女。尽管妻子屡次暗示他要提防自己的爱心与爱德，但这种感情最后还是转变成了爱情。牧师培养塑造吉特吕德，慢慢有了自己的企图。可是当吉特吕德一旦眼疾治愈，发现了牧师的虚伪，不但向她隐瞒他们的爱情造成的痛苦，也让她错失了获得幸福的机会。她想的是她看不到的那个人，她看到的却不是她想的那个人；为了内心的平静，她不得不让自己离开这个世界。

---

① 《田园交响曲》原文为 la symphonie pastorale。主角是一名牧师，"牧师"在法语中为 pasteur，pasteur 的形容词为 pastoral（e），因而有的批评家指出纪德使用这个书名，另有一层含义是暗指"牧师的心曲"。

在这三部以道德为题材的小说中，有一个共同点，即书中的女性均处于新旧观念的旋涡中，年纪轻轻又都香消玉殒了。纪德只是到了一九三〇年发表的《罗贝尔》中——这与《女人学校》《吉纳维也芙》组成另一个三部曲——才让女主角吉纳维也芙决定在由男人决定一切的社会中摆脱樊笼的束缚，找寻自己的道路，不但要求性爱的自由，还要求有养育非婚子女的权利。

又过了三十多年，在一九六八年法国掀起了震动全国的六月八日运动，在那次运动中，青年提出：我们要做自己身体的主人。而他们中间只有少数人依然记得，他们的先驱是安德烈·纪德。

一切有益的话，都是种子，撒播在人的心田里，总有一天会破土发芽——《如果种子不死》，这也是纪德的一部自传的书名。

马振骋

第一册

一八九×年二月十日

雪，不停地下了三天，把所有的路都封住了。我也无法到R村去主持礼拜，十五年来我每月要去两次。今天早晨在拉布雷维教堂也只来了三十名教友。

我被迫足不出户，使我有了空闲，乘机可以回顾过去，叙述我是怎样照顾起吉特吕德来的。

我计划在这本册子里写出这颗虔诚的灵魂的成长过程；我觉得让她走出黑夜仅是为了崇拜和爱。感谢上帝赐给我这项任务。

两年六个月前，正当我从拉绍德村回来，一个素不相识的女孩匆忙找上了我，把我带往七公里外一个临终的穷老婆子身边。马还没有卸套，我带上一盏灯后就让女孩子上了车，因为我想天黑以前是无法赶回来了。

我自以为乡镇一带的道路条条熟悉，但是过了拉索德莱农庄，女孩要我走上一条我从未贸然走过的路，可是我知道往左两公里的地方有一个神秘的小湖，年轻时去溜过几次冰。由于这一带没有人召我去做圣事，我也有十五年没有去那儿了。我再也说不出湖究竟在哪里，也从不去想它，可是在黄昏霞光辉映下我蓦地把它认了出来，好似只曾在梦中见过一般。

路沿着进入岔道的河流往前去，在树林边缘来个急转弯，然后又沿着一块沼泽地前进。肯定我从来没有来过这里。

　　太阳正在下山，我们在暗影里走了很长时间，这时我的小向导指给我看山坡上的一间小茅屋，空中没有一缕炊烟，不像有人住的样子，在暗影里发蓝，转入斜阳里又发黄。我把马拴在附近一棵果树上，然后走进黑暗的房间里找那个女孩，老婆子刚刚死去不久。

　　情景肃杀，时光静穆凝重，使我身上发冷。一个较年轻的女子跪在床边。我原以为女孩是死者的孙女，其实她只是一名女仆，她点燃了一支冒烟的蜡烛，然后在床脚边一动不动了。在漫长的路途中，我试图谈谈话；但是没有听到她说上几句话。

　　跪着的女子站了起来。她也不是我起初以为的什么亲戚，只是一名邻居，一个朋友，当女仆眼看主妇快不行时去找来的，她也自告奋勇来照看尸体。据她对我说，老妇人死去时没有痛苦。我们一起商量如何料理身后诸事。到了这类穷乡僻壤，经常都由我决定一切。我承认这间屋子尽管破败不堪，把它交给这名女邻居和这个小女仆看管，感到有点儿犯难。然而，要说在这间破屋的小角落里埋藏着什么金银财宝，这也不大可能……我能够做什么呢？我还是问一声这个老妇人有没有一名继承人。

　　女邻居这时拿起了蜡烛，照向房间的一个角落，我辨别出炉壁前还蹲着一个模糊的人影，像是睡着了；浓密的头发差不多把整个面孔都遮了起来。

"她是个盲女,据女仆说是一个侄女,看样子她家里就只剩下她了。应该把她送到慈善院去;不然我不知道她怎么过了。"

在她面前这样决定她的命运,顾虑到这些唐突的话会引起她伤心,我不由一愣。

"不要闹醒她。"我轻轻说,至少可以叫女邻居压低声音。

"哦!我不认为她在睡觉,这是个白痴;她不说话,也不懂人家说的话。我从早晨就在这个房间里了,可以说她没有动过一动。我起初以为她是个聋子,女仆又说不是,但只说老太婆自己是个聋子,从来不跟她说话,也不跟任何人说话,好久以来没有开过口,开口也只是为了吃和喝。"

"她有多大了?"

"我想十五来岁吧!其实我也不见得比你知道得多……"

一开始我并没有想到由我自己来照顾这个可怜的孤女;但是祈祷以后——说得更确切些,祈祷时候我跪着,左右两边是女邻居和女仆,她俩也跪在床头——我突然领悟这是上帝放在我的道路上的一项义务,我不能够卑怯地回避。站起身时,我已做出决定,当晚就把女孩带走,虽则还没有仔细想过以后怎样安置她,把她托付给谁。我还停留了一会儿,凝视老妇人那张熟睡的面孔,嘴边布满皱纹,向里凹陷,仿佛守财奴钱袋上的绳子,拉得紧紧的决不让什么东西往外掉。我把我的意图告诉了女邻居。

"明天有人来收尸时,她不在这里最好。"她说。

一切就这么定了。

许多事情要不是有人挖空心思编些稀奇古怪的异议，做起来本来就很简单。从童年开始，多少次我们遭人阻挠，做不了我们愿意做的这件事或那件事，无非是周围常有这样的说法：这件事是不能做的……

盲女像个没有意志的物体听任人家搬走。她的五官端正，还很秀气，但是没有丝毫的表情。我在墙角的草褥上拿了一条被子，草褥上方横着楼梯，她平时大约就睡在这个角落里。

女邻居显得很殷勤，帮助我把她细心捂紧，因为夜色异常清幽，但很有凉意。我点燃马车上的灯笼又上路了，身边蹲着这个没有灵魂的躯体，只是通过黑暗中的体温传递，我意识到这是一个生命。我一路上在寻思，她睡了吗？多么昏暗的睡眠……醒与睡对她有什么不同？包容在这个麻木身躯里的一颗灵魂，如禁锢在大墙内，无疑在等待着——主啊！——您的圣宠之光去照亮！您允许我用爱德为她驱散沉沉黑夜吗？

我这人注重说真话，回家后遇到尴尬场面时也就不会不说。说到美德，我的妻子可说是无一不备；即使我们有时必须经历困难的时刻，我一刻也不会怀疑她的好心；她天性善良，但是不喜欢事前不打招呼。她是个拘泥于秩序的人，凡有什么义务，她不会做得过分，也不会做得不够。她做好事也讲究节制，仿佛爱是一种会枯竭的财富。这是我们唯一的争执……

当她看到我那天晚上带了一个少女回来，她这一声叫泄露了她的最初想法：

"你又揽上个什么事来干啦？"

如同每次我们之间要进行一番解释时，我首先让那些孩子出去，他们在旁边目瞪口呆，又是疑惑又是惊异。啊！他们这次对我的态度大大出乎我的意料。只有亲爱的小夏洛特，当她知道有一件新的东西，一件活的东西，要从车子里出来，开始又是跳舞又是鼓掌。但是其他人常受母亲的管教，马上给她浇冷水，叫她规规矩矩。

有一刻大家都莫名其妙。因为妻子与孩子都还不知道他们接待的是一个盲女，他们无法解释我扶着她时为什么那么细致周到。就是我自己也被弄得手足无措，我一路上携着她的手，一放手这个可怜的残疾人就发出奇怪的呻吟。绝对不是人的叫声，倒像是小狗的猞猞哀叫。平生第一遭被人强迫走出她习惯的感觉天地，她的膝盖弯曲发软；但是当我给她推过去一把椅子，她的身子却滚倒在地上，好像不知道如何坐下；我于是领她走到炉子旁边。当她回到我最初看见她靠着蹲在老妇人的炉子边的姿态，才恢复了一点镇静。在马车里她就是滑倒在座位下，整个旅程蜷缩在我脚旁。妻子还是帮了我做，她不假思索的举动总是最善良的；但是她的理智不断反抗，经常要压倒她的感情。

"你打算拿这东西怎么办？"少女安顿后她又问了。

我听到这个称呼心头一个寒战，努力控制住怒火。我没有发作，还沉浸在长时间平静的沉思中，他们又重新围成了一圈，我转身向他们，一只手放在盲女的额头上。

"我领回了这头迷途羔羊。"我尽量说得郑重其事。

但是阿梅莉不承认在《福音书》的教诲中，会有什么非理性或超理性的事。我看到她要争论，这时我给雅克和萨拉做个信号，他们对我们夫妻间的争执司空见惯，对争执的性质也缺少好奇心（以我看来有时甚至太不关心），妻子看到那个不速之客在场还是气得说不出话来。

"你就在她面前说吧，"我加了一句，"这个可怜的孩子听不懂的。"

这时阿梅莉开始抗议说，她还能有什么可以跟我说的呢——这往往是长时间争辩的习惯性开场白——我可以编些最不切合实际、最违情悖理的理由，而她只有俯首帖耳服从的分，永远这样。我已经说过，这孩子打算怎么处置我自己还没有一点定见。我还没有想到，或者只是很模糊地想到，把她留在家里的可能性；我还可以说倒是阿梅莉首先提醒我这个想法，当时她问我是不是认为"家里人丁还不够兴旺"。然后她宣称我一意孤行，从不理会周围人的反对意见，就她来说有五个孩子已经够多的了；自从克洛德（恰在这个时候，他像是听到有人叫他的名字，在摇篮里大叫大嚷）出生以后，她的家务"到顶"了，她感到筋疲力尽了。

听到她冲口而出的头几句话，我立刻想到基督的教训，准备说出来，但我还是忍住了，因为我觉得把圣书权威性作为本人行为的挡箭牌，总不大得体。但是当她以疲劳作为论点，我就无话可说了，因为我承认不止一次由于我一时冲动，热情过分，把担子都压在了妻子的身上。可是她的责备倒是在教育我要尽自己的义务。我非常温柔地恳求阿梅莉注意，她若处在我的位子会不会这样做，她怎么可能听任一个显然无依无靠的人处于危难中而不顾。我还说，照顾这个残废的客人必然会给家庭增添不少麻烦，这些新的辛劳我不会心中无数的，我的遗憾是经常没法帮她分担。终于在我竭力规劝下她平静了下来，我还求她不要把怨恨发泄在无辜者身上，她是无论如何不应该受到责怪的。然后我又要她看到萨拉长大了可以多帮助，雅克也可以不用她操心了。总之，上帝让我说出该说的话，帮助她接受这项任务，我肯定要是这件事容许她有时间考虑，我又不是突如其来地支配她的意志，她会自愿担当的。

我相信大功快要告成，我亲爱的阿梅莉已经善意地朝着吉特吕德走过去；但是当她擎了一盏灯凑近去观察少女，看到她身上难以形容的肮脏，又勃然大怒了。

"哪有这么龌龊的人，"她叫了起来，"你去把自己刷一刷，快去刷一刷。不，不要在这里。你到外面去掸吧。啊，我的上帝！孩子身上都会长满了虱子。生活中我就是最怕这些虫子了。"

千真万确，这个少女满身都是虱子，我想到在车子里跟她挤得那么紧，不由做出个嫌恶的动作。

当我仔仔细细把身上掸个干净，两分钟后从外面回到屋里，看到妻子瘫坐在椅子上，手捂着面孔，还在哭得伤心。

"你一向坚定，我没想到叫你那么为难，"我对她温柔地说,"不管怎么样,今夜总是晚了,也没有周全的办法了。我来看火,女孩就在炉子旁边睡觉吧。明天我给她剪头发,再好好洗个澡。当你不再讨厌看到她时再由你来照顾她吧。"我还请求她对孩子不要谈起这一切。

晚饭时刻到了。我把一盆汤递给我的被保护人,她贪婪地吞下,而我们的老罗萨莉侍候我们时,好几次瞪着敌意的目光看她。吃饭时没有人说话,我很愿意向孩子谈一谈我经历的事,要他们理解和感觉有的人一贫如洗的特殊例子,借以打动他们的心,对于上帝召请我们接待的那个人要表示怜悯和同情。但是我又怕触动阿梅莉,引得她发脾气。好像谁下过命令不提和忘记这件事,然而我们中间肯定没有一个人能在想其他事。

一小时以后大家都上床了,阿梅莉让我一个人留在客厅里,我极为感动地看到小夏洛特打开半扇门,穿衬衣赤着脚悄悄往前走,然后扑过来勾住我的脖子,猛地搂紧我喃喃地说:

"我还没有跟你好好说声晚安呢。"

然后她用小食指指着那个安然睡着的盲女,她睡觉以前就是抑制不住好奇心要来看一看,她压低声音说:

"我为什么不能亲亲她?"

"你明天亲她吧。现在不要惊动她。她睡了。"我领她走到门口时对她说。

然而我又回来坐下,阅读或者准备我下一次布道的内容,工作直至天亮。

当然，我想（就我记得的来说），夏洛特就是今天也比她的哥哥姐姐感情丰富得多；但是在这个年龄他们每个人都给过我假象。就是我的大雅克，今天那么疏远，那么含蓄……大家认为他们温柔，其实又狡猾又虚伪。

二月二十七日

今夜雪还是下得很大。孩子高兴极了，因为他们说不久必须翻窗户出去了。事实也是，上午大门已被封住，从洗衣间才能出入。昨天，我得到证实，村子里有足够供应的粮食什物，因为可以肯定我们将有一段时间要与世隔绝了。这也不是第一个冬天我们被雪围困，但是雪积得那么厚，我记不起以前曾经见过。我还是趁机把昨日开始的事情继续写下去吧。

我说过，当我把那个残疾少女带回来时，没有仔细考虑过她在我的家里将占一个什么样的位子。我认识到妻子会有所不满；我也知道我们能够支配的房间和财力都很有限。我一贯我行我素，既出于天性，也出于原则，毫不考虑冲动之下会给自己带来多少额外支出（我一直认为这是反福音精神的）。但是信赖上帝与把任务交给别人完成，那是不同的事。

我不久感到我放在阿梅莉肩上的一份担子，重得我自己也惶惑不安起来了。

我先是尽力帮助她给少女剪头发，我看出她做这事已经不胜厌恶。但是给她全身擦洗，我只得让妻子去做了；我明白最繁重、最不愉快的活儿都不是由我干的。

目前来说，阿梅莉决不再出半点怨言。仿佛夜里经过一番深思熟虑后，她决定承担这项新任务；她好像做得不是没有一点儿乐趣,我看到她给吉特吕德梳洗完毕以后还笑了一笑。她的头发剃光,我在头上涂了油膏,戴上一顶白帽子;她的一身褴褛给阿梅莉扔进了火里,换上了萨拉的几件旧衣服和干净内衣。孤女不知道自己叫什么,我也不清楚到哪里去打听,既然无从得知她的真名,夏洛特给她取名吉特吕德,立刻得到大家一致同意。她大约比萨拉稍为小一点,因此萨拉一年前穿过不用的衣服给她穿上很合身。

我在这里必须承认,最初几天我心情抑郁,感到深深的失望。我对吉特吕德的教育肯定是想入非非的,现实迫使我降低期望。她脸上冷漠迟钝的表情,或者不如说根本没有表情,使我的一股热忱彻底冷了下来。她终日待在炉子旁边,时刻保持戒心,一听到我的声音,尤其当有人走近她时,她的脸好像绷了起来。通常麻木的面孔在表示敌意时才变得有生气了;只要我们有意引起她的注意,她开始呜咽,嚎叫,像一个动物。我端起东西侍候她,用餐时,她收起小性子,扑了上来,贪吃的样子简直像只野兽,看在眼里叫人非常难受。我感觉到在这个灵魂面前遭到顽固的拒绝,内心也对她产生了一种反感,因为情还是要情来还的。是的,说真的,我承认起初十天我到了绝望的地步,甚至对她不再关心,也对自己的最初冲动感到反悔,真愿意根本没有把她带回家来。还有一件刺痛我的事,我的这些想法对阿梅莉是无法掩饰的,这使她有点儿得意,自从她觉得吉特吕德成了我的一个负担,她在我家出现是对我的羞辱后,她反而显得殷勤起来,心地也好像更加善良了。

当我接待我的朋友马尔丁医生时,我就处在这样的境地,他从瓦尔特拉凡尔一路探视病人过来。我对他谈起吉特吕德的情况,他对这个问题很感兴趣,女孩总的说来只是个盲人,心灵却是那么愚顽,叫他大为惊讶;但是我对他解释,她是瞎子,又加上从前抚养她的老妇人是聋子,从来不跟她谈话,以致那个可怜的孩子一直无人过问。他劝我说,既然这样我就没有理由绝望;还说这是我处理得不好。

"还没有弄清地基是否结实以前,"他对我说,"你就要开始造房子。你想想她的头脑里还是混沌一片,甚至最基本的概念也没有形成。一开始把某些可以触摸和有味道的感觉分门别类,然后在上面像贴标签似的给它一个音、一个字,你念给她听,直到听厌为止,然后设法让她重复给你听。

"尤其不要追求走得快;定下几个时间教她,一次时间不要太长……

"此外这种方法,"他在跟我详细说明以后还加了一句,"决不是什么旁门邪说。这不是我的发明,有人早已应用过了。你不记得吗,我们一起学哲学时,我们的教授提到孔狄亚克[①]和他的活雕像时,已经跟我们谈到类似这样的一个病例。"他想了一想又说,"也可能是我后来在一本心理学刊物中读到的……那无所谓;这件事使我很吃惊,我还记得那个可怜的女孩子的名字,她比吉特吕德还惨,因为不但是瞎子,还是聋哑

---

① 孔狄亚克(1715—1780),法国感觉哲学家,感觉论者。

人，我不知道英国哪个郡的医生在上世纪中叶收留了她。她的名字叫劳拉·勃里吉曼。这名医生留下一部日记——你也可以这样做——记录了女孩的进步，还有至少在开始时期他对她进行教育的努力。他坚持要她轮流触摸两个小物件，一只别针和一支笔，然后在盲人使用的凹凸纸上触摸两个英文词，**别针**和**笔**。一连几个星期他毫无收获。这个躯体里好像没有灵魂似的。可是他不灰心。他说，他好像一个俯在井口的人，井里又深又黑，他绝望地抖动一根绳子，盼望最后有一只手抓住它。因为他一刻也不怀疑有一个人在井底，这根绳子终会被抓住的。终于有一天，他看到劳拉这张木然的面孔闪过一丝微笑；我相信在那个时刻，感激与爱的眼泪从他的眼睛里流了出来，他跪下来感谢主。劳拉也一下子明白了医生对她的一番苦心；她得救了！从这天起她专心了；她的进步很快；她不久进行自学，后来当了一所盲人学校的校长——大家都不相信……因为最近其他病例也相继出现，报刊上登载长篇文章议论，谁都觉得不可思议，他们认为这样的人居然还会幸福，这个想法依我看来有点儿愚蠢。而这是事实：每个心灵封闭的人也是有幸福的。他们一有机会表达自己的意思，就是说到自己的**幸福**。记者们当然欣喜若狂，借此教育那些'享有'五官功能还要怨天尤人的人……"

这时马尔丁与我两人争论起来，我反对他的悲观主义，决不像他那么认为五官的感觉到头来使我失望。

"这可不是我要说的意思，"他分辩说，"我说的意思只是人的灵魂更容易、更愿意去想象美、舒适与和谐，而不是无序与罪恶，正是无序与罪恶把这个世界搞得乌烟瘴气、四分五裂，而我们的五官既帮助我们了解，同时又鼓动我们推波助澜。因而我更乐意追随维吉尔这句名言：'不知其恶，何等幸福'，而不是人们教我们的'自知其善，何等幸福'；人若不知道恶，有多么幸福啊！"

然后他跟我说起狄更斯的一则短篇小说，他相信直接受到劳拉·勃里奇曼事例的启发，他答应不久把那部书寄给我。四天后我果真收到了《炉边蟋蟀》，我饶有兴趣地读完。故事有点儿长，但是有些篇章凄恻动人，写一个生产玩具的穷父亲，有意制造假象，让他的盲女儿幻想生活在舒适、富裕、幸福的环境中；这是一场骗局，狄更斯借用艺术竭力把它渲染成一片虔诚，但是感谢上帝！我不会跟吉特吕德玩弄这一套把戏的。

马尔丁来看过我后的第二天，我开始一丝不苟实践他的方法，我现在后悔，当初没有像他劝我的那样，记录下吉特吕德在这条走向黎明之路的最初几步，其实我也是一边摸索一边引着她走。开头几个星期所需的耐性超出大家的想象，这种启蒙教育不但需要时间，还要我忍受由此引起的谴责。叫我难于启齿的是这些谴责来自阿梅莉。此外我在这里提到这件事，不是我对这件事怀有任何不满和怨恨——我庄严作证，以防今后这些文字被她读到。（基督不是在"迷途羔羊"的比喻后立即教育我们要宽恕侮辱么？）我还要说明，就是受她谴责而最感难受的时候，我也没有怨恨她不同意在吉特吕德身上花费大量时间。我要责怪她的主要是她对我的努力多少会获得成功一事缺乏信心。是的，这种缺乏信心使我难过，然而没有使我灰心。多少次我不得不听她唠叨："你要是有效果倒也罢了……"她就是死心眼儿地认为我都是在白操劳；于是在她看来我在这上面浪费时间，而不更好地花在其他地方很不妥当。每次我照顾吉特吕德，她总会向我提出有什么人或有什么事在我背后等着我，我把我该花在其他人身上的时间都花在她身上啦。最后，我相信一种母性的妒忌使她愤愤不平，因为我不止一次听到她对我说："你对自己的孩子还从来没有那么关心过呢。"这是真的：因为我很爱自己的孩子，但是从来没有想过我必须很好关心他们。

我经常看到有许多人自称是虔诚的基督徒，"迷途羔羊"的比喻却是他们最难接受的。一头羊走失了，在牧羊人眼里会比羊群中其余羊的总数还要宝贵，这道理在他们看来太深奥，无法理解。这些话："一个人若有一百只羊，一只走迷了路，你们的意思如何？他岂不撇下这九十九只，往山里去找那只迷路的羊么？"这些话充满爱德，光芒照人，他们若敢坦陈心曲，就会宣称这些话体现的不公平最令人愤慨。

吉特吕德的最初几次微笑使我无比欣慰，百倍补偿了我付出的辛劳。因为"这只羊，牧羊人若是找着了，我实在告诉你们，他为这一只羊欢喜，比为那没有迷路的九十九只欢喜还大呢"。有一天早晨她好像突然心里开窍，对我多日来努力教导她的东西有了反应,我看到这张雕像般的面孔开绽一丝微笑,在我简直是看到了天使的笑容,是的,我实在要这么说,我的孩子中没有哪个的笑容会使我这样心花怒放。

那是三月五日。我记下这个日期仿佛这是个生日。这不止是微笑,而是脱胎换骨。她的五官一下子活跃了;这像是豁然开朗,类似阿尔卑斯山巅上的这道霞光,黎明前映着雪峰颤动,然后从黑暗中喷薄出来;简直是一项神秘的彩绘工作;我同样联想到毕士大池子①,天使纷纷下池子搅动死水,看到吉特吕德脸上突然出现天使般的表情,我有一种勾魂摄魄的感觉,因为我认为这个时刻占据她内心的不全是智慧,还有爱。于是我心潮澎湃,感恩的心情那么强烈,我在她的美丽的前额印上一吻,像是我奉献给上帝的。

这个初步的结果有多么艰难,自此以后的进步也有多么神速。今天我努力回忆我们经过了一些什么曲折;有时我觉得吉特吕德仿佛为了嘲弄我的方法简直是在跃进。我记得起初我把重点放在事物的表象而不是种类上;如:热、冷、温、甜、苦、硬、软、轻……然后是动作:隔离、靠近、举起、交叉、横放、打结、分散、集合等等。不久我放弃了一切方法,改为直接跟她交谈,不管她的思想是不是跟得上;但是慢慢地诱导她,鼓励她向我随便提问题。在我由她进行自修时,她的思想肯定也在活动;因为我每次重新见她时,每次都有新的惊奇,

---

① 据《圣经·约翰福音》记载,耶路撒冷有个毕士大池子,"天使按时下池子搅动那水,水动之后,谁先下去,无论害什么病,就会痊愈"。

我觉得我与她之间横隔的夜幕愈来愈薄。我自忖,春天的和风煦意不就是这样坚持不懈,逐渐战胜冬寒的么。我曾经多少次赞赏积雪融化的情景:表面依然浑圆,底层开始溶解。每年冬天阿梅莉都受迷惑,她对我说:雪总是不变的;大家以为雪还厚着呢,然而已开始塌了下来,处处有生命突然往外冒。

我怕吉特吕德像个老妇人,长年累月待在炉子旁边,会虚弱苍白,开始让她走到户外。但是她只有我携着她才同意出去散步。她一走出屋子,先是感到惊奇和害怕,在她尚不会向我表白以前,使我明白她还从来没有贸然迈出过房门。在我发现她的茅屋里,没有人照管过她,除了给她吃和帮助她不死以外——我还不敢用"活下去"这个词儿。她的黑暗天地只限于她从没离开过的这个单间的四堵墙壁。到了夏天,当门户对着光明的大天地打开,她才大着胆子在门槛上待一会儿。她后来跟我说,她听到鸟的歌唱,以为纯然是光产生的一种作用,就像她在面颊和双手感到暖意的抚拂一样,她也没有深加追究,觉得这是非常自然的,热空气会唱就像水在炉子上会沸腾一样。这是真的,她从不操心,从不注意什么,在麻木不仁中生活,直至那天我开始照管她为止。当我跟她说这啾啾鸣声是有生命的生物发出来的,我至今还记得她表示出无限的喜悦,这些小生命的唯一功能就是感觉和表达大自然中到处遍布的欢乐。(从这天起她常说:她像鸟那么快乐。)可是想到群鸟歌唱的壮丽景象她无缘亲眼目睹,她又开始郁郁不乐了。

"真的吗?"她说,"大地真像鸟唱的那么美吗?大家为什么不对我多说说？您为什么不对我这样说？是不是想到我看不见怕说了叫我难受？你错了。鸟声我很会听。我相信它们要说什么我都懂。"

"我的吉特吕德，看得到的人并不像你那么会听。"我对她说，希望安慰她。

"为什么其他的动物不会唱？"她又说。有时她的问题叫我猝不及防，一时会感到狼狈，因为她逼迫我对那些我至今毫不奇怪接受的东西进行思考。这样我生平第一次想到，愈是依赖土地的动物愈是笨重，愈是苦。我努力要她明白这回事，我跟她谈起松鼠以及松鼠的游戏。

她这时问我是不是只有鸟才会飞。

"还有蝴蝶。"我对她说。

"蝴蝶会唱吗？"

"它们有另一种表达欢乐的方法，"我又说，"表现在它们的翅膀上有各种颜色……"我向她描述蝴蝶如何五彩缤纷。

二月二十八日

我要回顾一下；因为昨天我也身不由己了。

为了教吉特吕德识字，我自己也学起了盲文。但是过了不久阅读这样的文字她比我能干得多，我认起来很费力，尤其我更愿意用眼睛看，而不愿意用手摸。不过倒也不是唯有我一人在教她。首先我很高兴有人帮助我完成这项任务，因为我在乡里有许多事情要做，这一带的民居天各一方，四处分散，我去访贫问苦、探视病人有时必须走得很远。雅克来跟我们一起过圣诞节，溜冰时居然摔坏了胳膊。在这以前他回过洛桑修完了普通神学科，并进入了神学院。伤势并不严重，我立刻把马尔丁请了来，不用外科医生的帮助他轻易给他正骨复位了；但是雅克必须安心静养，不得不在家里待上一段日子。他突然开始对他从不正眼看的吉特吕德关心起来，积极帮助我教她读书。他养伤期间都在帮我，也就是大约三个星期，但是这时期吉特吕德进步显著。现在有一种特别的热情激励她。这个昨天还是智力愚钝的人，一跨出最初几步，几乎还在学习如何走路以前，好像已经要举步奔跑了。我欣赏她不费多大工夫就会组织自己的思想，当有人教她认识某些物件，或者我们跟她说起一件我们无法直接交到她手中的东西，她毫不幼稚，还很正确地把它们表达出来，非常迅速。她有自己的形象思维，使用的方法很出乎我们的意料，也很有趣，因为我们总是利用她能够触摸或感觉的东西，去解释她不能达到的东西，就像使用遥测器在测量距离。

但是我相信没有必要把最初的教育步骤在此一一列举，在盲人教育中无疑都是大同小异的。这样的话，我想对每名教师来说，碰到颜色问题，都会陷入同样的困境。（谈到这个问题，我要说的是在《福音书》中没有一处提到颜色。）我不知道其他人如何处理；就我而言，我首先向她提到彩虹中色彩的排列程序，呈现在三棱镜中的各种颜色名称，但是在她的头脑中颜色与光线马上混淆不清。我感到她无法想象色质与"色值"的区别——后者我想是画家的说法。她最费力气去理解的是每种颜色还有深浅之分，颜色与颜色还可以无限地调配。这比什么都引动她的好奇心，她不断地要回到这个问题上。

这时我恰巧有机会带她到纳沙特尔听一场音乐会。我可以借用交响乐中每件乐器的作用来谈论颜色问题。我要吉特吕德注意铜管乐器、弦乐器、木管乐器的不同音色，每件乐器都可以各自奏出高低不同的强度，组成声音的全部音域，从最低音到最高音。我要她想象大自然中存在的色彩，红与橙黄相当于圆号与长号的音色，黄与绿相当于小提琴、大提琴和低音提琴；玫瑰与蓝可以由长笛、单簧管和双簧管来比拟。这下子她心中的疑团全都消释，感到莫大的喜悦。

"这应该是很美的吧！"她反复说。

然后，又冷不防地说：

"可是白色是怎么样的呢？我不明白白色像什么……"

这一问立刻显出我的比喻是多么不堪一击。

"白色，"我还是要对她强辩，"是高音的极限，所有的音调都融合一起，就像黑色是低音的极限。"——但是这种解释既没有使她也没有使我满意，她立刻要我注意，木管、铜管、弦乐即使奏到最高音和最低音时依然各不相同。有多少次就像那时，我不得不首先保持沉默，惶惑，找个什么比喻搪塞过去。

"有啦！"我终于对她说，"你把白色想象成纯之又纯的东西，没有任何色彩，只有光的东西；而黑色恰恰相反，就像堆满色彩，直至见不到一点光为止……"

我在这里提起这段对话，只是作为一个例子，说明我经常碰到这类难题。吉特吕德有这个长处，就是她绝不会不懂装懂，不像有些人，脑子装进一些不确切或错误的资料，据此做出的一切论据都会误人不浅。只要她没法对一个概念形成明确的想法，都会使她不安和苦恼。

关于我上面说的事，困难愈来愈大，还因为在她的思想中光线与热量的概念是紧密相连的，以致我后来又费了九牛二虎之力把它们区分开来。

这样，我不断地通过她进行试验，看出视觉世界跟听觉世界是多么不同，在这两个世界之间所作的一切比喻都不可能面面俱到。

二月二十九日

我只顾谈论我的那些比喻,却还不曾说起吉特吕德听了纳沙特尔这场音乐会欢欣雀跃的样子。那次演奏的恰好是《田园交响曲》。我说"恰好是",因为没有哪部作品是我更希望让她听到的了。其原因不难理解。我们离开音乐厅以后很久,吉特吕德保持沉默不语,仿佛入了迷还没有回过神来。

"你们看到的东西真是跟这一样美吗?"她终于说。

"亲爱的,跟什么一样美?"

"跟这《溪边情境》①。"

我没有立刻回答她,因为我在思索,这些非语言所能表达的和声描述的不是真实的世界,而是理想的世界,一个没有痛苦、没有罪恶的世界。我至今还不敢向吉特吕德谈起痛苦、罪恶、死亡。

"那些有眼睛的人,"我最后说,"认识不到自己的幸福。"

"但是我没有眼睛,"她立刻喊了起来,"我认识到听的幸福。"

她一边走一边紧紧靠着我,像小孩似的压在我的胳膊上。

"牧师,您感觉到我是多么幸福吗?不,不,我说这话不是

---

① 此为乐曲名称。

向您讨好。您看着我，当人家说的不是真话，在面孔上看不出来吗？我从声音中就可以听出来。您记得吗？那天姑姑（她这样称呼我的妻子）责怪您什么事也不知道给她做以后，您回答我说您没有哭，我喊了起来：'牧师，您撒谎！'哦！我从您的声音立刻感觉出来了，您没有对我说真话；我不需要碰您的腮帮子就知道您哭过了。"她高声重复说："不，我不需要碰您的腮帮子。"——这叫我脸红了起来，因为我们还在城里走，路人都转过身来。她还是往下说：

"不要想骗我相信，看到么。首先因为想骗一个瞎子是很卑怯的行为……还有这也不会奏效，"她笑着补充说，"牧师，告诉我，您没有不幸福吧？"

我提起她的手放到嘴唇上，像是不用语言向她承认，而又要她感觉我的一部分幸福是来自她的，同时我又回答：

"不，吉特吕德，不，我没有不幸福。我怎么会不幸福呢？"

"那么您有时候哭吗？"

"我哭过几次。"

"不是我说的那次以后吧？"

"不，我后来没有哭过。"

"您是不想哭了吗？"

"不想，吉特吕德。"

"那么您说……那次以后，您有没有想过撒谎？"

"不，亲爱的孩子。"

"您能不能答应我再不想欺骗我啦？"

"我答应。"

"那么！马上跟我说，我长得漂不漂亮？"

这个突如其来的问题叫我愣住了，尤其在此以前我绝不愿意去注意吉特吕德不可否认的美，还有我认为让她知道自己长得美是毫无用处的。

"你知道这个又怎么样了呢？"

"这是我操心的事，"她又说，"我要知道我是不是……这话您是怎么说的……我是不是在交响乐中不太协调。牧师，我除了问您还能问谁吗？"

"牧师不用操心容貌的美。"我说，尽力回避。

"为什么？"

"因为他看重的是灵魂的美。"

"您宁可让我相信自己是丑女。"她说时妩媚地嘟了嘟嘴；听到这么一说我不再矜持了，高声说：

"吉特吕德，您要知道您长得很漂亮。"

她不说话了，面孔出现一种非常严肃的表情，到家以前一直没有改变。

我们一回到家，阿梅莉自有办法让我感觉到她不赞成我这一天的安排。她可以事前对我这样说；但是她让我们——吉特吕德和我——先走，一句话也不说，按照她的习惯做法，先让人家做，然后保留责骂的权利。此外她决不对我明确指责，然而她只字不提，这就包含了谴责，因为她知道我带吉特吕德去听音乐会了,问一声我们听到了什么这不是挺自然的吗?若让女孩感觉人家对她的高兴表示出一点点关心,不是使她更加欢乐吗?阿梅莉倒也不是一句话不说,但是她好像装腔作势地只谈一些最无意义的琐事。只是到了晚上孩子们都上床睡觉以后,我把她拉到一旁,严厉地问她:

"我带吉特吕德去音乐会你生气了?"我听到了这声回答:

"你给她做的事,给自己的孩子还从没做过呢。"

这依然是同样的怨恨,同样的拒绝理解,人要欢庆回来的孩子,却不是常和你一起的孩子,像《圣经》比喻中所说的。还叫我难过的是她根本没有想到吉特吕德的残疾,她除了这样的节庆日以外没有其他节庆日;要是叨天之幸哪一天我可以自由支配自己的时间——平时我总有事缠身——阿梅莉这样责备我也是有欠公正的,因为她明明知道我的每个孩子不是有工作要做,就是有了事跑不开,阿梅莉自己对音乐毫无兴趣,她就是整天闲着,绝不会想到去听音乐会,即使在我们家门口举行也不会去的。

阿梅莉居然敢在吉特吕德面前说这样的话,更使我感到难过。我虽然把妻子拉到了一边,她还是提高了嗓门喊得吉特吕德都听到。我感到愤怒多于悲哀,一会儿以后,阿梅莉撇下我们走了,我走近吉特吕德,拿起她的瘦弱的小手,放到我的脸上:

"你看!这次我没有哭。"

"不,这次,轮到我哭了。"她说,努力向我微笑;她向我抬起美丽的面孔,我蓦地看到上面泪水纵横。

三月八日

我唯一能叫阿梅莉高兴的，就是不去做她不高兴的事。她唯一允许我做的是完全消极的爱的表示。她把我的生活限制得多么狭隘，这点她是不能够体会到的。啊！她若要求我为她干一件艰难的事，那真是谢天谢地了！我会欢喜若狂，为她赴汤蹈火！但是一切不合惯例的事可以说都使她反感。因而生活的进展在她看来只是增加几个跟过去相似的日子而已。她不期望，甚至不接受我有什么新的美德，甚至在公认的美德上也不能有所增加。哪个人努力要在基督教义中看出除了本能的循规蹈矩之外还有其他，她看着不是不赞同，就是不安心。

阿梅莉托付过我，到了纳沙特尔跟我们的缝纫用品铺子结账，还给她带回一盒线团。我承认把这事忘得一干二净了。但是事后我怪自己比她怪我还厉害哩；尤其我郑重其事地说过决不会忘，也知道"小事踏实的人做大事也很牢靠"，还害怕她对我的遗忘得出什么结论。我真愿意她骂上我几句，因为在这件事上我确实应该挨骂。但是事情往往这样，臆测的怨恨比明确的责备更厉害：啊！人生会更美好，苦难会更容易忍受，如果我们只需应付真正的痛苦，对心灵的魔影和鬼怪不理不睬……我不由在这里记下了可以作为布道内容的这段话（《马太福音》

第十二章第二十九节："不要挂心"）①。我在这里要记录的是吉特吕德的心智与道德的发展过程。我还是回到正题吧。

我希望能够在这里一步步追随这个发展过程，我已开始叙述细节。但是因为时间不够，无法对各个阶段详细记录，今天就很难把全过程正确无误地贯穿起来。我沿着故事的脉搏首先提到吉特吕德的思考，其次是跟她的谈话——这是近期的事。谁在无意中读到这些篇章，无疑会奇怪这么快就听到她表达那么准确，推理那么聪明。她的进步确实神速，令人目瞪口呆。她对我带给她的知识养料，凡是她的智力能够接受的东西，通过不断吸收和成熟的过程，转化成她自己固有的了。她叫我吃惊，不停地走在我的想法的前面，超越我的想法，经常前后两次谈话，我的学生也宛若两个人。

没几个月以后，她的智力一点也不显出曾经那么长时期处于蒙昧状态，甚至大多数少女还没有她那样的悟性，因为她们被外面世界扰得心猿意马，注意力都被无聊的琐事占据了。此外，我相信她的年龄要比我们最初看来明显要大。好像她还有意利用自己的失明，以致我怀疑到在好几方面这个残疾对她是不是个优点。我不由自主地把她与夏洛特比较，当我有几次给夏洛特复习功课时，看到她会为一只飞舞的苍蝇分心，我就想："就是这么回事，她若看不见，就会好好听我讲了！"

不用说吉特吕德非常渴望阅读；但是由于尽可能追随她的

---

① 原文误记为《马太福音》，其实应是《路加福音》，全句为"你们不要求吃什么，喝什么，也不要挂心"。

思想发展，我宁可她不要多阅读——至少不要在我面前多阅读——主要是指《圣经》，一名基督徒说这样的话显然很怪。我会在这件事上作解释的；但是在谈到这个十分重大的问题以前，我愿意谈一件有关音乐的小事，我记得是在纳沙特尔音乐会后不久发生的。

是的，这场音乐会我相信是在暑假前三星期开的，暑假又使雅克回到我们身边。在这期间，我不止一次让吉特吕德坐在我们乡村教堂的小风琴前，一般由德·拉·M小姐弹奏，吉特吕德目前就住在她家。路易丝·德·拉·M还没有开始给吉特吕德上音乐课。尽管我热爱音乐，但不很懂行，当我挨着她坐在键盘前，自知没有能力教她什么。

"不，让我自己来吧，"她经过最初摸索后就说，"我宁可一个人试试。"

我也很乐意离开她，尤其在教堂里与她单独相处在我看来不大得体，既出于尊重圣地，也害怕流言蜚语；虽然我对流言蜚语一般是不予以理会的，但是这里牵涉的不只是我，还有她。当什么地方需要我去走访，我就把她带到教堂，让她经常好几个小时留在那里，然后回来时再去接她。她就是这样耐心地寻找悦耳的和声，傍晚时我看到她听着某一个谐音十分专心，长时间出神。

八月初的一个日子，距今约有半年多以前，我去慰问一个穷寡妇，到了她家没有见到。事前我把吉特吕德留在了教堂，就再回那里去找她；她没有料到我那么早回去，而我看见雅克在她身边诧异之至。他们两人谁都没有听到我走进去，我轻轻的脚步声都被琴声盖住了。我这人天性不爱刺探，但是有关吉特吕德的一切都叫我操心，我蹑手蹑脚偷偷走上通往讲经坛的那几级阶梯；从这上面观察一目了然。我应该说的是我待在那里的时候，没有听到一句两个人不会在我面前坦然说的话。但是他挨着她，好几次我看到他拿起她的手引导她的手指如何放在琴键上。以前她跟我说她宁可不要别人观察和指导，却又欣然接受他的，这不是已经叫人奇怪了么？我惊讶和难受的程度就是对自己也不愿承认，我已经准备露面，这时我看到雅克突然掏出他的表来。

"现在我该离开你了，"他说，"父亲快要回来了。"

这时我看到她听任他把自己的手放在嘴前一吻，然后他走了。隔了一会，我又悄无声息地走下阶梯，打开教堂的门，有意让她听到，以为我只是刚走进来。

"嗨，吉特吕德！你准备回去了吗？琴弹得高兴吗？"

"是的，高兴极了，"她说话的声音自然极了，"今天我进步真的很大。"

我心中辛酸难言，但是她与我谁都不提起我刚才说的事。

我急于要跟雅克单独见面。妻子、吉特吕德和孩子平时晚餐后很早就回房里去了，让我们两人在晚间勤奋学习。我等待这个时刻，但是跟他说以前，我心慌意乱，我不会或者不敢提到这个折磨着我的问题。还是他突然打破沉默，向我宣布他决心在我们这里过完整个假期。可是就在几天以前，他向我们提到他要去上阿尔卑斯山的度假计划，妻子和我都曾大为赞成；我还知道他选择的旅伴、我的朋友 T 还等着他去；所以我很清楚这次突然改变计划不会不跟我闯见的那一幕有关，首先我怒上心头，但是害怕我若大动肝火，儿子从今以后不会对我说心里话，也害怕自己出言不逊会后悔，我努力压制自己，用平时的自然声调对他说：

"我还以为 T 等着你去呢。"

"哦！"他又说，"他不一定等着我，他不愁没有人代替我。我在这里可以像在奥伯兰一样好好休息，这样利用我的时间，我真的相信要比爬山好。"

"这样说来，"我说，"你在这里找到什么事情干啦？"

他瞧着我，感到我的音调中有点讽刺意味，但是，因为他还不明白其中用意，神色自若地说：

"您知道我一直爱书籍胜过爱登山杖。"

"是的，我的朋友，"这次轮到我瞧着他说，"但是你不认为风琴伴奏更吸引你吧？"

他无疑感到脸红了，因为他把手放到额前，仿佛要遮挡灯光。但是他差不多立即又恢复镇静，说话的语气我本来希望不要那么肯定：

"爸爸，不要过分责怪我。我没有意思要向您隐瞒什么，我正要对您承认时您抢先了一步而已。"

他说话从容不迫，像在念书，一句句说得那么平静，似乎这不是在说他自己的事。他表现出不同寻常的自持力实在把我气坏了。他觉得我要打断他的话,举起手像在对我说,不,您可以接着说,先让我把话说完;但是我抓住他的胳膊摇晃。

"我才不愿意看到吉特吕德的纯洁灵魂给你扰乱,"我冲着他喊,"啊!我宁可不再见到你。我不需要你的承认!欺侮人家有残疾,天真无邪,不懂世道,我决没想到你会干出这么卑鄙可恶的事!谈起来还这样若无其事!你听着我说:吉特吕德由我照管,我一天也不能忍受你跟她说话,你碰她,你看见她。"

"不过,爸爸,"他又说,语气依然那么平静,简直叫我怒不可遏,"请您相信我跟您一样尊重吉特吕德。您认为这里面有什么事见不得人,您是大错特错了,我不说我的行为,就是我的意图和我的内心深处也都没有。我爱吉特吕德,我尊重她不亚于我爱她,跟您实说了吧。扰乱她,欺侮她天真无邪和眼睛瞎,这种想法不单对您、对我也同样可恶,"然后他声称他要对她做的,是当一个扶持人,一个朋友,一个丈夫;在下决心娶她以前他不认为应该对我说;这个决心吉特吕德本人也还不知道,他首先要对我说起。"这就是我要向您承认的事,"他又加了一句,"我没有别的要向您坦白的了。请相信这点。"

他的话叫我听了发懵。我听着这些话时也听到自己的太阳穴在跳。我原来一心只想到责备他,随着他把我发怒的理由驳回,我的神志更加恍惚了,以致等他把话说完,我竟找不出什么话来对他说。

"我们该上床去了。"经过一阵子沉默后我最后说。我站起身,把手放在他肩上。"明天我对你说我对这事的想法。"

"至少跟我说您不再对我发火了。"

"我要在夜里想一想。"

当我第二天见到雅克时，真像是第一次才对他瞧个仔细。我一下子觉得我的儿子不再是个孩子，而是个青年了；我若老是把他看成是个孩子，我闯见的这幕爱情在我看来好像令人发指，我整个夜里都在劝说自己，这样的事情纯属自然正常。我的不满情绪却愈发强烈，又是怎么一回事呢？那是以后我才渐渐明白的。目前我必须对雅克说出我的决定。这时一种本能，也像良心一样确切无疑，警告我自己要不惜一切代价阻止这桩婚姻。

我把雅克拉至花园深处；到了那里我首先问他：

"你向吉特吕德表示过爱吗？"

"不，"他对我说，"可能她已经感到我的爱；但是我没有向她明说。"

"那好！你向我承诺今后不向她提这件事。"

"爸爸，我答应过听您的话；但是我可以了解您的理由吗？"

我犹豫要不要对他说，我也不太明白首先出现在我脑海中的理由是不是应该首先提出的理由。说实在的，在这里指导我行为的是良心而不是理智。

"吉特吕德太年轻了，"我终于说，"你想她还没有领过圣餐。你知道这不是一个普通的孩子，唉！她的发展已经耽误很久了。像她这样对人充满信任的人，第一次听到有人向她求爱，必然会过分激动。就是因为这样不要对她说。冒犯一个不能自我保护的人是一种怯懦行为；我知道你不是一个懦夫。你的感情，据你说的，也没有可以指责的地方；我说这有罪只是因为过早了一点。吉特吕德还不会做事谨慎，我们要替她谨慎。这是一个良心问题。"

雅克为人这点上很杰出，要制止他只须说这句简单的话："我向你的良心要求"，在他的儿童时代我经常利用。可是我瞧着他，心里在想，要是吉特吕德能够看到，她也会情不自禁欣赏这个顾长柔软、既挺直又灵活的身材，这个没有皱纹的额头，这个光明磊落的目光，这个稚气未脱的面孔，但是这样的面孔突然笼罩上了一种庄重的神色。他没戴帽子，铅灰色头发留得很长，在太阳穴旁带点儿鬈曲，半掩着耳朵。

"还有这件事我要问你，"我从我们同坐的长椅上站起身时又说，"你以前说你想在后天动身，我请你不要推迟行期了。你应该在外面待上整整一个月；我请你不要把这次旅行缩短一天。这样说定了怎么样？"

"好吧，爸爸，我听您的。"

我觉得他变得苍白极了，就是嘴唇也没有了血色。但是我却自以为得计，他那么快屈服可见他的爱情并不很强烈；我感到一种难以形容的宽心。不过我对他的顺从也很有感触。

"我又见到了我一直爱的孩子。"我轻轻对他说，把他朝我身上拉，吻了吻他的前额。他略微往后退缩；但是我不愿意心存不快。

三月十日

我家的房屋很小,大家不得不挤在一起生活,有时使我工作起来不方便,虽然我在二楼辟出了一个小间,我可以在里面躲开别人或接待访客;逢上我要单独跟一个孩子谈话,而又不想使谈话显得过于严肃,那就更不方便了。在那间会客室里谈话就会这样,孩子们戏称那里是圣地,平时是不许他们进去的;但是今天早晨雅克动身去了纳沙特尔,要在城里买几双旅行鞋;又由于阳光十分灿烂,孩子们吃了早饭后就和吉特吕德一起出去了,大家领着她,同时又被她领着。(我在这里高兴地提到夏洛特对她关怀备至。)到了午茶时刻,自然只剩下阿梅莉和我两人,我们总是留在共用的客厅里喝茶。这正是我希望的,因为我急于要和她谈话。我和她面对面的机会真是少得可怜,我竟像是感到了胆怯,想到我的谈话的重要性心里发慌;仿佛要谈的不是雅克的心曲,而是我自己的心曲。在说话以前,我也感到共同生活、彼此相爱的两个人也会是(或变成)对方的一团谜,中间隔了一道墙;在这种情况下,不论我们向另一个人说的话。还是另一个人向我们说的话,听起来非常凄凉,像是探测锤在试敲几下,看看隔离墙的厚度,若不加小心,这道墙头还会增厚……

"昨天晚上,还有今天早晨,雅克对我说,"她沏茶时我开始说——昨天雅克的声音有多么坚定，我的声音也有多么颤抖——"他对我说起他爱吉特吕德。"

"他对你提起这件事做得很对。"她说，没有瞧我，也没有放下手头的家务活，仿佛我向她宣布一桩非常自然的事，或不如说仿佛我什么也没有告诉她。

"他对我说他想娶她；他决心……"

"这事早就可以预料到的。"她喃喃说，轻轻耸肩膀。

"那么你早有所怀疑了？"我说，带点儿神经质。

"这件事看在眼里已有很久了，只是男人不会注意罢了。"

因为反驳没有多大意思，再说她的抢白中可能也有对的地方，我只是表示一下异议：

"这样的话你早就可以提醒我啦。"

她嘴角一抿，露出一丝痉挛似的微笑，有时她就用这种微笑伴随和掩饰她的不情愿，她摆动侧着的脑袋：

"你不会注意的事都要由我来提醒么！"

这句含沙射影的话指什么呢？我不知道，也不想知道，我绕过这个话题：

"反正我是想听听你对这件事的看法。"

她叹口气，然后说：

"你知道，我的朋友，我一直不赞成这个女孩由我们收留下来。"

看到她又旧事重提，我好不容易才不发火。

"吉特吕德在这里的事不谈。"我说。但是阿梅莉已经往下说：

"我一直在想这不会带来什么好事。"

我渴望我们趋于一致，听了这句话很称心。

"那么你认为这么一桩婚事不是什么好事。那好。我要听你说的就是这句话；很高兴咱们想到一块儿去了。"我还说我向雅克提出我的理由时他倒也很听话，以致她也不用再为此担忧了，这都说定了，他明天去旅行，在外面过上整整一个月。

"我不见得比你更愿意他回来见到吉特吕德还在这里，"我最后说，"我想到最终还是把她托给德·拉·M小姐，在她家我可以继续去看她；因为我毫不隐瞒我对她是负有真正责任的。我不久前向新房东探过口风，她乐意为我们效劳。这样少了一个叫你烦的人，你也可以松口气。路易丝·德·拉·M照顾吉特吕德；她对这样的安排显得很高兴；她已经很高兴给她上起了音乐课。"

阿梅莉好像决心保持沉默，我又说：

"免得雅克瞒了我们到那里去找吉特吕德，我相信最好还是把情况告诉德·拉·M小姐，你认为怎么样？"

我提出这个问题试图引她说一句话，但是她抿紧嘴唇，好像发誓什么话也不说一句。我继续说，不是有什么话要补充，而是因为我忍受不了她的沉默。

"还有，雅克旅行回来也可能早已忘了爱情。在他那个年纪的人懂不懂得自己的欲望？"

"哦！即使年纪大的人也不见得懂自己的欲望吧。"最后她阴阳怪气说了一句。

她的谜语般、判决书式的声调叫我听了发恨，因为我这人生性直率，不习惯那些故弄玄虚的话。我朝她转过身，要求她给我解释一下她这里面含有的意思。

"没什么，我的朋友，"她悲哀地说，"我只是想起你一会儿以前，还希望人家把你没有注意到的事提醒你呢。"

"那又怎么啦？"

"怎么啦，我对自己说要提醒也不容易。"

我说过我讨厌故弄玄虚；原则上我从不去揣测什么弦外之音。

"你要是愿意我听懂你的话，你尽管说得明白一点。"我又说，可能说得有点粗暴，立刻又感到后悔，因为我看到她的嘴唇哆嗦了一下。她转过头去，然后站起身在房间犹犹豫豫，也像磕磕绊绊走了几步。

"你说呀，阿梅莉，"我大声说，"现在不都恢复原状了么，你还难过什么呢？"

我感觉我的目光使她难受。我对她说时，转过背，肘子靠在桌子上，手托着头：

"对不起，刚才我对你说话很生硬。"

这时我听到她向我走过来，然后我感觉她的手指轻轻放在我的额头上，她的声音温柔而又带着哭腔对我说：

"我亲爱的朋友！"

然后她立刻离开了房间。

阿梅莉的话，在我看来故弄玄虚，不久以后逐渐叫我明白过来了。这些话我原封不动地记了下来；那天我只是明白这是吉特吕德应该走的时候了。

三月十二日

我给自己确定一项义务,每天给吉特吕德留出一点时间;根据每天的工作安排留几小时或者几分钟。在我跟阿梅莉谈话后的第二天,我相当清闲,又加上天气晴朗,我带着吉特吕德穿过树林,直至汝拉山脉的豁口;在这里,风和气清时,目光通过交叉的树杈,越过一层淡雾,会在广袤田野的另一边发现阿尔卑斯山的雪顶美景。当我们抵达常坐的地方,太阳已经在左边斜落。脚下伸展着一片低矮浓密的草地,远处有几头奶牛在啃草;山区的牛群放牧时,每头牛脖子上都挂一个铃。

"铃声也在描绘风景。"吉特吕德听着铃声叮当说。

她像每次散步时一样;要求我向她描述我们待的地方的风景。

"但是,"我对她说,"这里你熟悉的,就是看得见阿尔卑斯山的那个森林边缘。"

"今天阿尔卑斯山看得清楚吗?"

"山里的壮丽景色一览无遗。"

"您跟我说过阿尔卑斯山每天都有点儿不同。"

"今天我把它比作什么呢?比作夏日的干渴。黄昏以前阿尔卑斯山就要溶解在空气中了。"

"我要您告诉我,我们面前的大草地上有没有百合花?"

"不，吉特吕德；这样的高山上不长百合花；或者只长些稀有植物。"

"人家不是说野地里的百合花吗？"

"野地里是不长百合花的。"

"就是纳沙特尔附近的野地里也不长吗？"

"野地里不长百合花。"

"那么主为什么对我们说：'瞧野地里的百合花'？"

"既然是主说的，他那个时代就是有的了。但是人的庄稼使它们绝了种。"

"我记得您经常对我说，大地上最需要的是信任和爱，您不认为人抱着更多的信任又会看到野地里的百合花吗？当我听到这句话时，我向您保证，我是看到的。我来给您描述野地里的百合花，您要听吗？像是火红的小钟，蓝色的大钟，洋溢爱的芬芳，在黄昏的风中摇摆。您为什么要对我说我们面前没有呢？我感觉到的！我看到草地上都是！"

"我的吉特吕德，这些百合花不会比你看到的更美。"

"您要说也不会没我看到的那么美。"

"跟你看到的一样美。"

"'我要告诉你们，就是所罗门极荣华的时候，他所穿戴的，还不如这花一朵呢！'"她引用基督的比喻，听她说得那么婉转动人，我觉得我还是第一次听到这句话。"极荣华的时候"，她若有所思地反复说，然后她有一会儿沉默不语。我又说：

"吉特吕德，我跟你说过这话：有眼睛的人是不知道看的人。"我从心底听到这声祈祷升起:"主啊,我感谢你,因为你将这些事,向聪明通达的人,就藏起来,向婴孩就显出来!"

"您要是知道,"她趁一时兴奋大叫了起来,"您要是能够知道,这一切在我多么容易想象那就好了!您要不要让我给您描述一下风景?在我们背后,左右上下,都是巨大的枞树,发出树脂的香味,枣红色树干上斜伸出长大的黑树枝,被风吹得弯下来时就吱吱嘎嘎响。在我们的脚下,色彩斑斓的大草地像一部打开的书,斜放在山坡书桌上,在黑影下它发蓝,在阳光下它放黄光,上面的花朵——龙胆花、银莲花、毛茛花、美丽的所罗门百合花——像文字一样历历分明。母牛带着它们的项铃来认字,天使也过来阅读,因为您说人的眼睛是闭着的。在书的下方,我看到一条奶白色大河,烟雾腾腾,遮住山谷充满神秘,一条无边无际的大河,流到离我们前面极远的地方才看得见岸,那是天光闪闪的美丽的阿尔卑斯山……那里是雅克要去的地方。告诉我,他明天动身是真的吗?"

"他明天要走的。这是他告诉你的?"

"他没有告诉我。但是我明白,他要有很长时间不在这里吗?"

"一个月……吉特吕德,我要问你……你为什么不把他来教堂找你这件事告诉我?"

"他来找过我两次。哦!我不愿意向你隐瞒什么!但是我怕叫您不好受。"

"你不告诉我才叫我不好受哩。"

她的手搜索我的手。

"他要走很伤心。"

"吉特吕德,告诉我……他跟你说过他爱你吗?"

"他不曾跟我说过;但是我不用人家说就感觉得到的。他不像您那么爱我。"

"吉特吕德,你看到他走难受吗?"

"我想他还是走的好。我没法回报他。"

"但是你说,你看到他走难受吗?"

"牧师,您知道我爱的是您……哦!您为什么把手抽回去啦,您要是没有结婚我就不会跟您这样说了。但是谁也不会娶一个瞎眼的姑娘的。那么我们为什么就不能相爱呢?牧师,您说,您觉得这不好吗?"

"爱决不会是不好的。"

"我觉得自己心中只有一片好意。我不愿意叫雅克难受,我愿意谁都不要因为我难受……我愿意给人的是幸福。"

"雅克想过要向您求婚。"

"您让我在他走以前跟他谈一谈吗?我要他明白他应该放弃对我的爱情。牧师,您明白的,是不是,我是谁也不能嫁的?您让我跟他谈一谈,可以吗?"

"今晚谈吧。"

"不,明天,他动身的时候……"

太阳在绚丽彩霞中下山了。空气温和。我们站起来,一边说,一边沿着黄昏的小路回去。

第二册

四月二十五日

我不得已把这本册子放下一段日子。

雪最后终于溶化了，我们的村子与世隔绝的长时间内，我被迫把许多任务往后挪，道路一通，我必须把它们料理完毕。只是到了昨天，我才有了一些空闲。

昨夜我把写在这里的内容又全部看了一遍……

今天我才敢于直言我心中那么久未予以承认的感情，然而我也说不清楚我怎么会迷糊到现在；我转述阿梅莉的某些话在我看来怎么会是故弄玄虚呢；吉特吕德做出天真的表白后，我为什么还能够怀疑我是不是在爱她。我决不同意婚姻以外还有可以认可的爱情，同时我也不同意在我对吉特吕德的满腔热情中有什么违禁的邪念。

她的表白天真坦率使我安心。我心想：这是个孩子。真正的男女之爱不会不羞惭脸红的，而我深信不疑的是我爱她如同爱一个残疾的孩子。我照料她如同照料一名病人；——我把命运的卷入当作一种道德责任，一种义务。是的，说真的，那天晚上她对我说了我记下来的那些话，我觉得心情轻松愉快，以至还在误解自己，在转述这些话时还是如此。因为我相信爱情是该受谴责的，我认为一切该受谴责的事使人心情沉重，我心情不感觉沉重，也就不相信这是爱情了。

我把这些对话不但转述得毫无差异，而且还把当时说话的心情记了下来。说实在的只是昨夜重读时我才明白。

雅克离开以后不久，我们的生活又恢复往常的平静。我让吉特吕德在走前跟雅克谈话，雅克只是到了假期的最后几天才又回来。他有意回避吉特吕德或者只在我的面前跟她说话。吉特吕德按照商定的办法，寄住在路易丝小姐家里，我每天到那里去看她。但是我害怕又提爱情，有意对她不再说到引起我们激动的事。我只是以牧师的身份对她说话，经常还当着路易丝的面，主要操心的是宗教教育；还为她在复活节领圣餐一事作准备。

复活节那天，我自己也领了圣餐。

那是两周前的事了。雅克回来度假，跟我们待上一周，令人诧异的是他没有陪我到圣坛旁边。我还要怀着最大的遗憾说阿梅莉也同样缺席，这还是我们结婚后第一次。好像他们事前通过气，存心不出席这次庄重的聚会，让我的喜悦蒙上一层阴影。此时，我还庆幸吉特吕德没有看到这一切，从而只是我一个人承受阴影的重量。我对阿梅莉太了解了，不会不明白她这样做实际上包含了对我的一种责备。她从不对我公开不满，然而她会抽身回避来对我表示她的反对。

这类怨恨——我要说的是我不屑一顾的怨恨——却会压抑阿梅莉的灵魂，使它背弃最高利益，这点使我深感不安。一回到家我诚心诚意为她祈祷。

至于雅克的缺席，那是完全另有原因，不久以后我跟他谈了一次话，事情就水落石出了。

五月三日

为了指导吉特吕德的宗教教育，我用一种新目光又读了一遍《福音书》。我愈来愈看清，组成我们基督徒信仰的许多观念不是出自基督的原话，而是出自圣保罗的注解。

我不久跟雅克讨论的也就是这个主题。他天性有点呆板，心灵不能给思想提供足够的养料，他变得因循守旧，死抠教条。他责备我在基督学说中挑选"迎合我的内容"。但是我不选择基督的片言只语。只是在把基督与圣保罗作比较时，我选择了基督。他害怕把他们两人对立，拒绝把这两人分开，也不承认从他们两人得到不同的启示，如果我对他说我在圣保罗那里听到的是一个人的声音，而在基督那里听到的是上帝的声音，他大不以为然。他愈争辩，愈使我相信这件事；他感觉不出基督的一字一句都体现了独一无二的神意。

我读遍《福音书》，徒然寻找命令、威吓、禁戒……这一切都只是来自圣保罗。在基督的圣训中是找不到的，恰是这个使雅克感到为难。像他这一类人，一旦身边没有了监护人、依据、禁律，就找不到方向。此外他们放弃了自由，也不容许其他人有自由，希望用强制的手段去得到别人准备用爱来给他们的东西。

"不过，爸爸，"他对我说，"我也希望大家幸福。"

"不,我的朋友;你希望大家顺从。"

"顺从中存在幸福。"

我讨厌吹毛求疵,也就让他说完最后一句话不再接口;但是我知道,有的事只是幸福的结果,把幸福的结果作为幸福去追求,这会破坏幸福;如果真的认为充满爱的人在自愿的顺从中感到喜悦,这种没有爱的顺从比什么都使人远离幸福。

目前而言,雅克很会说理,这么年轻的人的思想中已经有那么多僵硬的教条,叫我见了痛心,否则,我必然会欣赏他的论证的高超和逻辑的一致。我经常觉得我比他还年轻,我今天也比我昨天年轻,我又对自己说起这句圣训:"你们若不变成小孩子的样式,断不得进天国"。

把这一条主要看成**达到幸福生活的一种方法**,是不是背叛基督,是不是贬低和亵渎《福音书》?对基督徒来说,快乐心境是一种义务,我们心生怀疑,心地冷酷,这影响了快乐心境。每个人多少都会快乐的。每个人都应该走向快乐。我从吉特吕德的笑容中得到的体会超过我给她说教得到的启发。

基督的这句圣训在我面前闪闪发光。"你们若瞎了眼,就没有罪了"。罪,是使灵魂黑暗的东西,是反对快乐的东西。吉特吕德全身洋溢的美满幸福,来自她不知道什么是罪。她心中只有光明,只有爱。

我把《四福音书》、《诗篇》、《启示录》和《约翰三书》,交到她警觉的双手里。在《约翰三书》中她可以读到"神就是光,有他毫无黑暗",就像在她的《福音书》中她可以听到救世主说:"我是世界的光;跟从我的就不在黑暗里走。"我不把保罗书信给她,因为她若瞎了眼,就没有罪了;"叫罪因着诫命更显出是恶极了"(《罗马书》第七章第十三节),以及紧接后面的论证,不管写得多么美丽动人,又何必让她读到后产生不安呢?

五月八日

马尔丁医生昨天从拉绍德封过来。他用检眼镜仔细检查了吉特吕德的眼睛。他对我说他向洛桑的眼科专家鲁医生谈到古特吕德,他要把观察结果向他汇报。但是我们约定,一切还没有定论以前决不向她提起。马尔丁在诊断后会向我报告的。在吉特吕德心中燃起一个立刻又可能熄灭的希望,这有什么好呢?——况且,她这样不幸福吗……

五月十日

在复活节,雅克和吉特吕德又见面了,在我面前——至少雅克又见到了吉特吕德,跟她说了话,但只是些无关紧要的话。他表现的情绪不及我担心的那么激动。我又一次深信,他的爱若真的炽烈,决不会那么轻易低落,虽然吉特吕德去年在他动身前对他说过,这样的爱永远是毫无希望的。我还听到他现在以"您"相称,这样自然更好。我可没有要求他这样做,因而我很高兴他是自己明白这个道理的。不可否认他的本质是很好的。

我还是在猜疑,雅克这么顺从不会没有争执和斗争。可虑的是他不得不强加于自己心灵的约束,在他看来本身就是对的;他也希望看到这种约束强加于大家身上。我在上面那次讨论时已经感觉到这点。拉罗什富科①不是说过精神经常受心灵的欺骗?不用说我不敢马上让雅克注意到这点,我熟悉他的脾气,把他看作是愈讨论愈固执己见的这类人。但是当天晚上,读到了——恰巧在圣保罗的著作中(我只能用他的武器来攻击他)——对他的答复,我有意在他的房间留下一张纸条,上面写着:"吃的人不可轻看不吃的人;不吃的人不可论断吃的人;

---

① 拉罗什富科(1613—1680),法国哲学家。

因为神已经收纳他了。"(《罗马书》第十四章第二节①)

我原本也可以把下面的话抄录下来："我凭着主耶稣确知深信，凡物本来没有不洁净的；唯独人以为不洁净的，在他就不洁净了。"但是我不敢，深恐雅克以为我思想中对吉特吕德有什么不恭敬的看法，在他的头脑里也不应该掠过这种念头。显然这里指的是食物；但是在《圣经》中有多少其他章节令人读了赋予二重和三重的意义？（"假如你一只眼……"②；增饼故事③；迦拿婚宴神迹④等）我不在这里吹毛求疵了；这个章节的意义博大精深；是爱德而不是法律才可以对其限制的，圣保罗在这以后立即喊叫起来："你若因食物叫弟兄忧愁，就不是按着爱人的道理行。"这是少了爱，我们才受到魔鬼的攻击。主啊！把一切不是爱的东西从我心中除去吧……因为我不该向雅克挑衅。第二天我在我的桌面上，发现了我抄录引言的那张便条，在便条的背面雅克只是抄录了同一章的另一段话："基督已经替他死，你不可因你的食物叫他败坏。"

我把那一章前前后后都念了一遍。这引起一场无休止的争论。我用这些不知所云的话去搅乱，用这些乌云去遮盖吉特吕德的明亮天空吗？当我教育她，使她相信唯一的罪是侵犯别人的幸福或者是损害我们自己的幸福时，我不是更接近基督，也让她去跟基督靠近吗？

---

① 原文有误，应为第三节。
② 事见《马可福音》第九章第四十七节，说"倘使你一只眼叫你跌倒，就去掉它"。
③ 事见《马太福音》第十五章，基督用七个饼和几条鱼让几千人都吃饱了。
④ 事见《约翰福音》第二章，耶稣在婚宴中变水为酒。

唉！有的人对幸福就是冥顽不灵，生硬，笨拙……我想到我可怜的阿梅莉。我不断地邀请她、催促她、还逼迫她走近幸福。是的，我愿意把每个人送入天国。但是她不断地退避，不敢开胸怀，像阳光也无法使之盛放的花朵。她看到的一切使她不安，使她难受。

"我的朋友，那有什么办法呢，"那天她回答我说，"我又不是生来就瞎了眼。"

啊！她的嘲讽叫我听了痛苦之至，我尽量忍气吞声才不让自己感到心烦！我觉得她心里明白得很，含沙射影攻击吉特吕德的残疾最使我伤心。然而也却让我感觉到，我欣赏吉特吕德的最大优点是她的无限善良。我从没听到她对其他人有过任何怨言。我没有让她知道任何可能会伤她心的事情，这也是真的。

幸福的人借助爱的辐射，在身边扩散幸福，而阿梅莉周围一切黯淡阴郁。阿米埃尔①写到他的灵魂放出的是黑光。访贫问苦，探视病人，经过一天的奋斗，在日落后回到家，有时劳累不堪，一心渴望休息、体贴、温馨；经常在家里得到的只是操心、指责、互不相让，相比之下，怎么说也宁可忍受户外的冷风凄雨。我知道我们的老罗莎莉做事自以为是；当阿梅莉执意要她屈服时，罗莎莉并不总是错的；况且她自己也不总是对的。我也知道夏洛特和加斯帕尔闹得厉害；但是阿梅莉对着他

---

① 阿米埃尔（1821—1881），瑞士作家。

们叫得轻些，少些，收到的效果不是更好吗？那么多的嘱咐、警告、斥责到头来失去了棱角，犹如海滩上的鹅卵石；不胜其烦的不是孩子，而是我。我知道小克洛德正在长牙（每次他开始哭叫时，至少他的母亲是这样说的），但是她和萨拉忙不迭地跑过去，不停地爱抚，岂不是鼓励他哭叫吗？我深信在我不在的时候让他哭叫个痛快，这样几次以后他会哭叫得少了。但是我知道那时候她们只会更加起劲去哄。

　　萨拉像她的母亲，因此我很乐意把她送到寄宿学校去。她要是像我们当年订婚时的母亲倒也罢了，而是像在物质生活中操劳后变成的母亲，我几乎要说生活操劳的产物（因为阿梅莉自己何尝不在劳心劳力）。说实在的，我今天在她身上很难认出从前的天使，从前她对我内心有什么高尚的冲动总是微笑相对，我梦想跟她在生活中融为一体，她像是走在我前面，引导我走向光明……也许那时候是爱情在哄骗我吧？……因为我在萨拉身上看到的除了俗念以外没有其他想法；她也像母亲那样终日忙些琐碎小事；她脸上的五官也是呆板生硬，内心没有一点火焰使它灵动飞扬。对诗歌、对一般的阅读都毫无兴趣。当她与母亲在一起时，我从未听到过她们谈话中有什么内容是我乐意参与的；我在她们身边比我抽身回到书房后更加孤独，因而我也养成了频频进书房的习惯。

　　自从秋天以来，趁着夜色来得早，每次探访工作允许，也就是说我可以早些回来时，到德·拉·M小姐家里去喝杯茶。我还没有提到从上次十一月份以来，路易丝·德·拉·M小姐除了吉特吕德以外还收留了三个盲女孩，那是马尔丁给她介绍的。由吉特吕德教她们识字和做各种小手工活，这些小女孩这方面已经显得很灵巧。

每次当我走进屋名为"谷仓"的温暖氛围中，感到莫大的安宁和慰藉，有时两三天没有过去就像失去了什么似的。德·拉·M小姐完全有能力收留吉特吕德和那三名寄养的女孩，不用为她们的日常起居犯难发愁，有三名女仆忠心耿耿地帮助她操劳一切，但是可不可以说财富与时光都有了恰到好处的安排呢？路易丝·德·拉·M一生悉心照料穷人；她有极为虔诚的灵魂，仿佛生来为这个人世奉献自己，完全是为了爱而生活的，尽管她一头银发，戴一顶镂空花边软帽，她的微笑却无比天真，手势无比和谐，声音无比悦耳。吉特吕德沾染了她的动作姿势，她的说话方式，特有的一种语调，不光是声音，还是思想方法，她们全身心的相像，我还对此开过玩笑，但是她俩谁都不同意觉察到了这一点。当我有时间滞留在她们身边，看到她们两人挨着坐，吉特吕德把额头靠在她的朋友的肩膀上，或者一只手放在她的两手中，听着我朗读拉马丁或雨果的诗句，我真是感到甜蜜啊：凝望着诗情在这两颗清澈的心灵里的返照，我真是感到甜蜜啊！即使那些小女孩对此也不会无动于衷。这些孩子，在和平与爱的氛围中，智力发展神速，取得令人注目的进步。当路易丝小姐对我谈起要教她们跳舞，我起初只是微笑；但是今天看到她们动作婀娜多姿叫我赞叹不已，可是路易丝·德·拉·M要我相信，她们虽看不到动作，但是动作时会感到肢体协调和谐。吉特吕德跳起这些舞来优美雅致，陶醉其中。有时路易丝·德·拉·M参加小女孩的游戏，吉特吕德就坐在钢琴前。她弹琴进步令人吃惊；现在每个礼拜天她在教堂里弹起了风琴，在唱圣歌开始前即兴演奏几首小曲子。

　　每个礼拜天，她到我家吃中饭；我的孩子见到她很高兴，尽管他们各方面的情趣愈来愈不相同了。然后全家陪吉特吕德回去在"谷仓"吃点心。这对我的孩子是一个节目，路易丝对他们宠爱有加，在他们身上装满了糖果。阿梅莉本人对这番好意也怦然心动，最后也笑逐颜开，看上去年轻不少。我相信今后在她平淡无奇的人生列车中，少了这样的停车站，也会感到不自在的。

五月十八日

现在美好的日子又回来了,我又能够带了吉特吕德出门去了,我已有很久没有这样做(因为最近又飘了几场雪,道路在前几天还是令人望而生畏),我也有很久没有单独跟她一起了。

我们走得很快;寒风吹红了她的两腮,不断地把她的金发吹到面孔前。我们沿着一条泥灰沼地走,我采摘几朵开花的灯心草,插在她的贝雷帽上,然后我又把它跟她的头发编在一起防止吹落。

我们几乎还没有说过话,还正为我们单独相处感到惊奇,这时吉特吕德向我转过她没有目光的面孔,突然问:

"您相信雅克还爱着我吗?"

"他拿定主意放弃你了。"我立即回答。

"但是您相信他知道您爱我吗?"她又说。

自从我提到的去年夏季那次谈话,已过去十几个月了,关于"爱"这个字在我们中间从未说出口过(我也奇怪)。我们从未单独一起,我说过,还是这样的好……吉特吕德的问题使我心跳剧烈,我不得不要放慢我们的步子。

"但是,吉特吕德,每个人都知道我爱你。"我大声说。她没有给搪塞过去。

"不,不;您没有回答我的问题。"

沉默一阵后,她低着头又说:

"阿梅莉姑妈知道这件事吧;我不知道有没有使她不开心。"

"没这件事她也不开心,"我不同意,但是语气很虚,"她天性生来就不开心。"

"哦!您总是竭力要我安心,"她说时有点儿不耐烦,"但是我不要安心。有些事,我知道,您就是有意不让我知道,怕我不安或者怕我难过;有些事我不知道,因而有时候……"

她的声音愈来愈低;她停顿不说,仿佛接不上气来。我接了她的话头问:

"因而有时候?"

"因而有时候,"她悲切地又说,"我从您这里得到的幸福都像是由于无知而来的。"

"但是,吉特吕德……"

"不要打断我,让我跟您说:我不要这样一种幸福。您明白我的……我不在乎幸福。我宁可要知道。有许多事,当然是悲哀的事,我看不见,但是您没有权利让我蒙在鼓里。我在冬天那几个月里想得很多;我怕,您看到,整个世界不像您让我相信的那么美,牧师,甚至相差很大。"

"是的,人经常把世界弄丑了。"我战战兢兢据理力争,因为她的思想的冲势叫我害怕,我试图避开这个势头,同时对成功不抱希望。她好像就等待着这几句话,因为她把这话立即抢了过去,似乎有了这一环节,链条就能连接上了。

"正是这样,"她喊道,"我要肯定的是我没有增添罪恶。"

好一会儿,我们在沉默中继续快步走。能够对她说的话还未说出口,我就感觉跟她的想法是冲突的,我担心引出一句会决定我们两个命运的什么话。想到马尔丁对我说起,医生可能会让她重见光明,我就郁郁不乐。

"我要问您,"她终于又说,"但是我不知道怎么说……"

无疑她鼓起全部勇气来说,就像我鼓起全部勇气来听。但是我怎么会料到这个使她苦恼不已的问题:

"瞎子生的孩子是不是一定是瞎子?"

我不知道我们两人中谁被这场会话压得更喘不过气来;但是现在我们必须把话说下去。

"不,吉特吕德,"我对她说,"除非非常特殊的病例。说他们一定是瞎子是没有一点理由的。"

她听了如释重负。我真愿意轮到我来问她为什么提这样的问题。我没有勇气,继续笨拙地说:

"但是,吉特吕德,要有孩子必须先结婚。"

"牧师,别跟我这么说。我知道事实不是这样。"

"我对你说的都是正派人的话,"我反驳说,"但是人和上帝的律法禁止的事,从自然规律上来说确实也是可以办到的。"

"您经常对我说上帝的律法也就是爱的律法。"

"那里说的爱不是大家所说的爱德的爱。"

"你是以爱德来爱我的吗?"

"我的吉特吕德,你知道不是的。"

"那么您承认我们的爱是越出上帝的律法的爱了?"

"你说的是什么意思?"

"哦!您知道得很清楚,这不应该由我来说。"

我徒然努力回避:我的论据一败涂地,我的心也步步后撤。我气急败坏地喊:

"吉特吕德……你认为你的爱是有罪的吗?"

她纠正说:

"是我们的爱……我想我应该这样认为。"

"那又怎么样呢?"

我听到我的声音里像有一种恳求,而她接着一口气说完:

"但是我已不能够停止爱您了。"

这一切都是昨天发生的。我起初写下来犹豫不决……我不记得散步是怎样结束的。我们步子匆匆,像是在逃跑,我把她的手臂紧紧挟住。我的灵魂早已离开了躯体——我觉得路上的小石子也会把我们两人绊倒。

五月十九日

今天早晨马尔丁回来了。吉特吕德可以做手术。鲁医生也加以证实,要求把她交给他一段时期。这事我不能反对,可是我怯懦地要求考虑。我要求让我使她慢慢适应……我的心应该欢乐跳动,但是我却感到它压在胸内沉甸甸的,有一种难以言表的不安。想到要向吉特吕德宣布她可能重见光明,惘然若失。

五月十九日夜

　　我又见到吉特吕德，我没有向她透露一点口风。今晚在"谷仓"，客厅里没有人，我径自上楼走进了她的房间。只有我们两人。

　　我长时间把她搂在怀里。她没有做一个动作表示反抗，她向我抬起头，我们的嘴唇合在一起了……

五月二十一日

　　主啊，您使黑夜那么深沉，那么美，是为了我们吗？是为了我吗？空气温煦，月光从打开的窗户洒进来，我倾听苍穹中无边的沉默。我无言地对着天地万物出神；心已融化其间，感到说不清的崇敬。我只能语无伦次地祈祷。爱若有一种限制，不是由您——我的上帝——定的，而是人定的，哦！不论我的爱在人的眼里显得多么有罪，哦！您跟我说在您的眼里是神圣的。

　　我竭力使自己超越罪的概念；但是罪好像是不可容忍的，我决不愿意抛弃基督。不，爱吉特吕德是一种罪我不接受。我只有把自己的心消除才能消除心中对她的这份爱，这是为什么？我就是已经不爱她，我也会出于怜悯而爱她；不再爱她，这也是背叛她：因为她需要我的爱……

　　主啊，我再也不明白……我明白的只有您了。指引我吧。有时我觉得我在黑暗中愈走愈深，她会重见光明的，而使我眼里一片漆黑。

　　吉特吕德昨天住进了洛桑医院，二十天后才会出院。我等待她回来，惶惶不可终日。马尔丁会去把她接回来的。她要我答应出院前别去看她。

五月二十二日

马尔丁来信:手术圆满成功。感谢上帝!

五月二十四日

　　直到那时为止，她爱我，然而她没有看见过我；想到我要被她看见，使我忐忑不安。她会认出我吗？生平第一次我焦虑地对着镜子端详。要是我感觉她的目光不像她的心那么宽容、那么多情，我该怎么办？主啊，有时我好像觉得需要她的爱来爱您。

五月二十七日

　　工作繁忙，这几天过得不至于过分性急难熬。每件事使我无暇他顾，都是值得赞美的；可是她的形象从早到晚萦绕脑际。

　　明天她要回来了。阿梅莉整个星期在我面前显出性格中的诚朴厚道，似乎拿定主意要我忘记那个不在的少女，跟孩子们一起准备迎接她的归来。

五月二十八日

　　加斯帕尔和夏洛特到林子里和草地上采花，他们把能够采到的都采来了。老罗萨莉做了一个大蛋糕，萨拉用金纸在蛋糕上裱花，什么图案我也说不出来。我们都等待她中午过来。

　　为了熬过这段等待的时刻，我在这上面写。现在是十一点钟。我时时刻刻抬起头，朝着马尔丁的车子会走近的那条路看。我强制自己不走去迎接他们：顾念到阿梅莉，最好还是不要突出我个人的迎候。我的心要往外蹿了……啊！他们来了！

二十八日晚上

我陷入了多么可怕的黑夜！怜悯我吧，主啊，怜悯我吧！我放弃爱她，但是您，不要让她死去！

我怕得多么有道理啊！她做了什么？她要做什么？阿梅莉和萨拉对我说，陪她走到了"谷仓"的门前，德·拉·M小姐在里面等她。她就是要往外走……发生什么啦？

我努力理清我的思绪。他们跟我说的事无法理解，或者相互矛盾，在我心里形成一团乱麻……德·拉·M小姐的园丁刚才把她送回"谷仓"，她已不省人事；他说他之前看到她沿着河走，然后跨过花园的桥，然后弯下身，然后人影不见了；但是他起先不明白她会掉下去，没有按照常理急于奔过去；他在小水闸附近找到她的，流水把她冲到了那里。当我稍后见到她时，她还是没有苏醒过来；或者至少又陷入了昏迷，因为用药以后她醒来过一阵子。上帝保佑，幸好马尔丁还没有离开，他也难以解释她怎么会陷入这类木僵和无痛苦的状态；他问了她也没用；可以认为她什么也没听见或者她铁了心不开口。她的呼吸一直很急促，马尔丁害怕肺充血；他使用了芥子泥和吸杯，答应明天再来。错误的是大家忙于抢救，没顾到把她裹在身上的湿衣服脱下；河水冰冷刺骨，德·拉·M小姐一个人曾从她嘴里听到几句话，说她要采几朵在河岸一边盛开的勿忘我，她还不善于计算距离，或者把浮动的花毯当作了实土，她突然一脚踩空……这话我能相信吗？我若使自己相信这只不过是一件意外事故，我的灵魂可以卸下多么可怕的重担！那顿饭吃时还是快快活活，但是她的面孔自始至终保持那种奇异的笑容，叫我不安；这是一种勉强的笑容，我从未见她有过，但是我竭力去相信这是她目光新了，笑容也变了。这种笑容仿佛从她的眼睛里流淌出来，像泪水似的落在我的脸上，相比之下其他人鄙俗的欢乐叫我气恼。她没有加入大家的嬉笑！可以说她发现了一个秘密，要是我单独跟她一起无疑会告诉我的。她几乎不说一句话；但是这并不奇怪，因为跟其他人一起时，别人闹得愈凶的时候，她经常是不出一声的。

主啊，我求您，允许我对她说话。我需要知道，不然我怎么度过余生呢？可是如果她坚持不愿意活下去，是不是正好说明已经**知道**了呢？知道什么？我的朋友，到底什么可怕的事让您知道了？我对您隐瞒了什么事叫您突然看到后会自寻短见呢？

我在她床头度过两个多小时，眼睛一刻不离开她的额头，她的苍白的面颊，她的清秀的眼皮，带着一种说不出的忧伤紧闭着，她的湿漉漉的头发像海带似的散披在枕头上——我还听着她的不均匀和不顺畅的呼吸音。

五月二十九日

我正要去"谷仓"的时候,路易丝小姐差人来叫我。经过一个较为平静的夜晚,吉特吕德终于脱离麻木状态。当我走进她的房间,她对我微笑,向我示意走到她的床头。我不敢问她,毫无疑义她也害怕我的问题,因为她立即对我说话,好像为了防止一切感情冲动:

"我在河面上要采的这些蓝色小花,你们是怎么叫的?蓝得像天空的颜色。你手脚比我利落,愿意给我去采一束来吗?我要放在床边……"

她的声音有意装得高高兴兴,叫我听了难受,她肯定也看在眼里,因为她又较为认真地接着说:

"今天早晨我不能对您说:我太累了。您去给我采花吧,好吗?您过会儿回来。"

当我一小时后给她带回一束勿忘我,路易丝小姐对我说吉特吕德又休息了,在晚上以前不能见我。

今天晚上我又见到她了。她的床上堆了几只靠垫,撑着她几乎坐了起来。她的头发现在编成辫子盘在头上,还插了我给她带回来的勿忘我。

她肯定在发烧,显得气喘吁吁。我向她伸出手,她揣在发烫的手中不放;我在她旁边站着。

"牧师，我应该向您承认一件事，因为我怕我今晚会死去。"她说，"今天早晨我向您撒了谎……这不是为了去采花……我要是跟您说我要自尽您原谅我吗？"

我跪倒在她的床边，把她的虚弱的手握着不放；但是她拉出手开始抚摸我的额头，而我把面孔埋在被子里不让她看见我的眼泪，听到我的呜咽。

"您认为这样做很不对吗？"她又温柔地说；因为我一句也没有回答。

"我的朋友，我的朋友，您很明白，我在您的心中、您的生活中占据了太多的位子。当我回到您的身边，我立刻就看了出来；或者至少我占的那个位子是另一个人的位子，那个人为此很伤心。我的罪孽是没有更早地感觉到这一点，或者至少——因为我早就知道了——是一直让您还是这样爱着我。但是当她的面孔一下子在我面前出现，当我看到她的愁脸上那么深刻的悲伤，我想到这份悲伤都是由我造成的，我就忍受不了了……不，不，您不要责备自己；但是让我离开吧，让她重新快乐吧。"

她的手停止抚摸我的额头；我抓住她的手，在上面吻个不停，盖满泪水。但是她不耐烦地抽回手，一种新的焦虑开始使她激动。

"这还不是我原来要说的话，不，我要说的不是这个。"她反复说；我看到她的额头上冒汗。然后她低下眼皮，闭了一会儿眼睛，好像要集中思想，或者恢复原先的失明状态；她的声音开始拖沓颓丧，但是当她张开眼睛时立刻又升高，然后激动到了刺耳的程度：

"当你们给我光明时，我张开眼睛看到的是一个我从未梦想有那么美的世界；是的，真是这样，我没有想到白天那么亮，空气那么晶莹，天空那么辽阔。不过我也没有想到人的额骨那么突出；当我走进你们的家，您知道吗，首先让我看到的……啊！我还是应该跟您说的：我首先看到的是我们的错，我们的罪。不，请不要争辩。您记得基督那句话：'你们若瞎了眼，就没有罪了'。但是现在我看见了……牧师，您站起来。坐到我身边来。听着我，别打断我。在我住院的那段时间，我读了，或者不如说，我让人家给我读了《圣经》中我还不知道，您也从不向我念的几个章节。我记得圣保罗的一段话，我整天反复念：'我以前没有律法是活着的，但是诫命来到，罪又活了，我就死了。'"

她说的时候，情绪激动万分，声音高昂，最后几句话几乎叫了起来，因而我想到外面可能会听到而觉得难堪；然后她又闭上眼睛，把最后几句话又重复一遍，喋喋嚅嚅像在说给自己听似的：

"罪又活了——我就死了。"

我全身战栗，心冰凉，充满恐惧。我愿意引开她的思路。

"谁给您念这几段话的？"我问。

"是雅克，"她说时张开眼睛，盯着我看，"他当了修士，您知道吧？"

这太过分了；我正要恳求她别提啦，但是她已经继续往下说：

"我的朋友，我要给您带来很多痛苦；但是我们之间不应该有任何谎言。当我看到雅克，我顿时明白我爱的不是您，而是他。他确确实实有您的这张面孔；我要说的是我想象中您有的那张面孔……啊！您为什么要让我回绝他呢？我是会嫁给他的……"

"但是，吉特吕德，你现在还可以嫁给他。"我绝望地大喊。

"他已经进了隐修院。"她愤愤地说。然后她哽咽得全身战栗："啊！我愿意向他忏悔……"她在神思恍惚中呻吟："您看得很清楚我只有死的分了。我口渴。请您去找个人来。我透不过气来了。让我一个人待着吧。啊！我原来希望跟您这样说了以后会心里轻快些。请离开我吧。我们相互离开。我看到您会受不了……"

我离开她。我把德·拉·M小姐叫来……代我守在她身边；她激动过度，使我担心一切都会发生的，但是我也必须相信我待在那里只会加重她的病情。我请求他们有什么三长两短务必通知我。

五月三十日

　　唉！我再见她的时候她又是在睡觉。今天早晨日出时，她经过一阵谵妄和沮丧后去世了。德·拉·M 小姐按照吉特吕德的最后遗愿打电报通知了雅克，他在她去世后几小时赶到。他狠狠地责备我没有趁早给她请来一名神父。但是她在洛桑住院时，我根本不知道她无疑在他的怂恿下已经发誓弃绝，我怎么能这么办呢。他同时向我宣布他自己和吉特吕德改了宗。这样两个人同时离开了我；这就像是他们两人在人间受到我的阻难，计划远远避开我，然后在天主身上会合。但是我深信不疑的是雅克改宗理智更多于爱情。

　　"我的父亲，"他对我说，"由我来责怪您是不恰当的；但是您的错误榜样指引我走上这条路。"

　　雅克回去后，我跪在阿梅莉身边，要求她为我祈祷，因为我需要帮助。她只是念诵"主祷文"，但是在每段之间长时间沉默，让我们默祷。

　　我真愿意哭，但是我觉得我的心比沙漠还要荒芜。